Alexandra Raumer

Träum weiter, Lolle!

Bibliografische Information Der Deutschen Bibliothek
Die Deutsche Bibliothek verzeichnet diese Publikation in der
Deutschen Nationalbibliografie; detaillierte bibliografische Daten
sind im Internet über
http://dnb.ddb.de abrufbar.

Das Buch »Berlin, Berlin – Träum weiter, Lolle!«
entstand nach der Fernsehserie »Berlin, Berlin«,
produziert von der Studio Berlin Metropol Film & Fernseh
GmbH im Auftrag der ARD-Werbung

© 2003 ARD-Werbung
Lizensiert von DEGETO FILM GMBH, München

1. Auflage 2003
© der Buchausgabe: Egmont vgs verlagsgesellschaft mbH
Alle Rechte vorbehalten.
Lektorat: Christina Deniz
Produktion: Wolfgang Arntz
Umschlaggestaltung: www.alexziegler.de
Titelfoto: © ARD/Hardy Spitz
Satz: Kalle Giese, Overath
Druck: Clausen & Bosse, Leck
Printed in ISBN 3-8025-3252-X

Besuchen Sie unsere Homepage:
www.vgs.de

Inhalt

Big and beautiful 7

Ex und hopp 43

Knowing me, knowing you 71

Gegen die Uhr 101

Ich lieb dich nicht, du liebst mich nicht 135

Big and beautiful

Irgendwie war es wie verhext. Gerade die Typen, denen Lolle nicht unbedingt noch mal begegnen wollte, liefen ihr ständig über den Weg. Fatman zum Beispiel – der Superküsser, der Lolle den Job weggeschnappt hatte und nun Werbung für dicke und dünne Tampons machte. Fatman, der noch nie Glück bei den Frauen gehabt hatte, weil sie ihn aufgrund seiner Figur nicht sehr anziehend fanden.

Genau er, dieser Fatman, saß an einem wunderschönen, sonnigen Vormittag im Herbst auf der Terrasse des Restaurants, das sich Lolle und Alex für einen gemütlichen Brunch ausgesucht hatten. Einsam hockte er in einer Ecke, die er aufgrund seiner Leibesfülle komplett ausfüllte, und schaufelte Essen in sich hinein. Seine triste Erscheinung wurde durch die quietschbunte Designerkrawatte nur unwesentlich aufgelockert.

»Bin gleich wieder da«, meinte Lolle und ging zu Fatman, während Alex schon mal das Büffet inspizierte. »Hi, Fred! Was machst du denn hier?«

Fatman war ein Bild des Elends. Auf dem Tisch vor ihm stand eine imponierende Anzahl leer gegessener Teller, und in einem Eiskühler lag eine noch halb volle Flasche Sekt. »Ich feiere meinen Geburtstag.« Er hielt kurz im Kauen inne und setzte dann seine Lass-mich-bloß-in-Ruhe-Miene auf.

»Oh. Tja dann: Herzlichen Glückwunsch.« Lolle wusste nicht so recht, was sie noch sagen sollte. »Sieht wirklich lecker aus …« Ihr fiel absolut nichts Passenderes ein. »Ist ja manchmal auch viel schöner, wenn man sich …« mutterseelenallein bis zum Umfallen voll stopft, wollte sie beim Anblick der zahlreichen Teller fast sagen, aber so schonungslos ehrlich war sie dann doch nicht. »… mal selbst verwöhnt«, fuhr sie deshalb fort.

Fatman tat noch immer, als seien ihm Lolle und alles, was

um ihn herum geschah, scheißegal, und kaute stoisch vor sich hin.

»Also dann ...« Lolle wollte sich abwenden, aber irgendwie hatte sie das Gefühl, sie müsse Fred fragen, ob er sich nicht zu ihr und Alex setzen wolle. Doch warum eigentlich? Sie konnte doch nichts dafür, dass er keine Freunde hatte und nun allein und zu Tode betrübt dasaß.

Lolle drehte sich um und ging. Aber schon nach ein paar Schritten blieb sie mit einem Seufzer stehen. »Wir könnten ja ein bisschen zusammen feiern«, schlug sie vor.

»Danke, aber ...« Fatman sah kurz in Richtung Alex, der sich mit Feinschmeckerblick vom Büffet bediente. »Wenn ihr noch Sekt wollt, in der Flasche ist noch was drin.« Er stand auf und winkte dem Kellner, um die Rechnung zu begleichen.

Betroffen ging Lolle zurück zu Alex ans Büffet. »Fatman braucht dringend eine Freundin«, bemerkte sie.

»Die wird er aber nicht bekommen«, sagte Alex nur und raubte ihr damit jegliche Illusion. Und zwar deshalb, so führte er aus, weil Fred nicht nur ein bisschen pummelig, sondern ein bisschen arg pummelig war. Auf einer Attraktivitätsskala von eins bis zehn war Fatman nach Alex' Schätzung maximal eine Zwei. Und Zweien bekamen so gut wie nie eine Frau. Und wenn, dann eben auch nur Zweien. Aber Zweien wollten natürlich keine Zweien, sondern Fünfer oder Sechser ... aber von denen bekamen sie nur Körbe. Denn Fünfer oder Sechser verliebten sich nur in Achter oder Neuner ... Da war sich Alex absolut sicher.

»Bei der Liebe kommt es doch nicht nur aufs Aussehen an!« Lolle war empört.

»Nein? Schau dich doch mal um.« Demonstrativ ließ Alex seinen Blick durch das Restaurant schweifen. »Siehst du auch nur ein Paar, bei dem einer hässlich ist und der andere nicht?«

Nach und nach musterte Lolle die Gäste ... und musste feststellen, dass Alex Recht hatte. Egal welches Paar sie betrachtete, die Partner waren sich in punkto Schönheit tatsächlich immer ebenbürtig. Das Yuppie-Gespann ebenso wie das schwule Pärchen oder die beiden Senioren. Doch dann entdeckte Lolle einen äußerst attraktiven Mann um die dreißig, der auf einen Tisch zusteuerte, an dem eine kleine dicke Frau saß. Diese strahlte übers ganze Gesicht, und Lolle wollte gerade triumphieren, als sich just in dem Moment eine blonde Schönheit erhob und hüftschwingend auf den gut aussehenden Typen zuschwebte. Hinter diesem kam gleichzeitig ein Kellner zum Vorschein, der auf einem Tablett einen gigantischen Eisbecher balancierte und die Kalorienbombe schließlich vor der kleinen grauen Maus abstellte.

»Hmmmm!« Der Glanz in den Augen der Frau wurde noch ein bisschen stärker. »Das sieht ja lecker aus!«

»Siehst du. So ist das im Leben.« Alex zuckte die Achseln. »Jeder will mit Jennifer Lopez zusammen sein, aber keiner mit Maite Kelly.«

»Das heißt«, Lolles Sonntagslaune wurde durch die ersten Gewitterwolken getrübt, »du wärst nicht mit mir zusammen, wenn ich ... sagen wir mal ... eine Drei wäre?« Sie ging hinter Alex zu einem freien Tisch und setzte sich ihm gegenüber.

»Du bist keine Drei ...«

Doch Lolle unterbrach ihn. »Also nein«, schlussfolgerte sie grimmig. Deshalb hatte Alex vorhin auf ihre Frage, was ihm am meisten an ihr gefiel, wohl mit »deine Augen« geantwortet. Nicht mit einem inneren Wert wie »dein großes Herz, deine Wärme, deine Sensibilität ...«, sondern ganz oberflächlich mit einer Äußerlichkeit.

»Irgendwie gefällt mir nicht, wie sich das Gespräch entwickelt.« Nachdenklich legte Alex die Stirn in Falten.

»Das sehe ich ähnlich«, stimmte Lolle ihm pikiert zu. Und plötzlich hatte sie eine Idee, wie sie Alex beweisen konnte, dass es nicht nur aufs Aussehen ankam.

»Ich wette, dass ich in achtundvierzig Stunden eine nette, gut aussehende Frau für Fatman finde. Und falls nicht, dann hast du eine Rückenmassage bei mir gut.«

»Einen Monat lang, jeden Abend eine halbe Stunde«, konkretisierte Alex den Wetteinsatz und schlug ein. Er konnte sich nur schlecht vorstellen, dass er derjenige sein würde, der das Massageöl kaufen musste.

»Wenn es nicht zu strange wäre, würde ich sagen, du starrst gerade deinen Hintern an.« Hart wunderte sich über Sven, der auf dem Klodeckel stand und sich mit seltsamen Verrenkungen abmühte, im Spiegel einen Blick auf seinen Po zu erhaschen.

»Quatsch ...« Verlegen kletterte Sven von der Toilettenbrille, doch Hart hatte die aufgeschlagene Zeitschrift bereits entdeckt. »Dreiundsiebzig Prozent aller Frauen gucken bei einem Mann zuerst auf die Hände und dann auf den Po«, verkündete ein Artikel.

»Wenn wir rechtzeitig im *Start up* sein wollen, müssten wir jetzt los«, meinte Hart und schmunzelte.

»Weißt du, ob Lolle heute Abend auch unterwegs ist?«, fragte Sven, als er hinter Hart aus dem Bad trottete.

»Du willst doch nicht etwa was mit Lolle unternehmen?« Hart hielt das für keine gute Idee. Denn Lolle war jetzt mit Alex zusammen. Und allmählich wurde es Zeit, dass Sven das auch akzeptierte.

Doch offensichtlich war Sven noch Lichtjahre von dieser Einsicht entfernt. »Man weiß doch gar nicht, wie ernst das ist«, wandte er ein und nahm seine Jacke von der Garderobe.

»Sehr ernst.« Hart konnte nur noch den Kopf schütteln und beschloss, zu härteren Bandagen zu greifen, um Sven zu überzeugen. »Hast du mal seinen Hintern gesehen?«

Hart war der Meinung, dass es das Beste wäre, wenn Sven sich eine Singlefrau aufriss. Aber das wollte Sven nicht. Auch keine Verheiratete oder Geschiedene – Sven wollte überhaupt keine Frau aufreißen. Und dabei war er das erste Mal seit Jahren so richtig frei und hätte sich kopfüber ins Singleleben stürzen können. In Kneipen, Diskos – überall hätte Sven nach einer passenden Partnerin suchen können.

Sogar am FKK-Strand. Doch es schien, als wollte er lieber darauf warten, dass ihm die Frau seines Lebens eines fernen Tages im Treppenhaus über den Weg lief.

»Ich will gar nicht …«, wehrte Sven wie gewohnt ab und eilte Hart voraus die Stufen hinab.

Im selben Moment kam Lolle die Treppe herauf. »Hi!«, begrüßte sie die beiden und ging weiter.

»Hi, Lolle.« Sven sah ihr sehnsüchtig hinterher. »Ich hab gedacht … ähm … wenn du Lust hast, könnten wir nachher …«

Energisch trat Hart Sven auf den Fuß.

Doch vergeblich! Sven war nicht zum Schweigen zu bringen. »… vielleicht heute Abend was essen«, fuhr er mit einem genervten Blick in Richtung Hart fort.

»Na ja.« Lolle war die Situation offensichtlich nicht gerade angenehm. »Ich bin … eigentlich mit Alex verabredet.«

Heldenhaft schluckte Sven seine Enttäuschung herunter. »Dann … dann vielleicht … ein anderes Mal«, stammelte er.

»Ja, klar!«, gab Lolle eilig zurück und verschwand in der Wohnung, um sich vor weiteren Fragen in Sicherheit zu bringen.

Sven sollte sich wirklich eine Singlefrau suchen – und zwar bald. Diese Erkenntnis verstärkte sich bei Hart immer mehr. Und im Grunde war es doch gar nicht so schwer, ein geeignetes Objekt zu finden. »Du gehst in den nächsten Supermarkt, stellst dich vors Tiefkühlregal und sprichst die erste Frau an, die sich ein Singlegericht nimmt«, schlug Hart vor, während sie sich dem *Start up* näherten.

»Und dann?« Sven vermutete, er habe mit der Frau sodann ein bisschen zu plaudern, doch in Harts Strategie war dafür kein Platz.

»Dann landet ihr miteinander im Bett«, setzte der seine Supermarkt-Vision fort. Denn wer wollte sich schon unterhalten? Unterhalten konnte sich Sven ja auch mit ihm, dazu brauchte er keine Frau aufzureißen. Womit sie wieder am

Anfang ihres Gespräches angelangt waren, denn offensichtlich wollte Sven überhaupt keine Frau aufreißen.

»Oder willst du etwa gar keinen Sex?« Für Hart war das alles nicht so recht nachvollziehbar.

»Das hab ich nicht gesagt. Ich will nur nicht...« Sven suchte nach den richtigen Worten. »Bei dieser ganzen Anbaggerei geht's doch immer nur um Äußerlichkeiten. Dabei ist das, was wirklich zählt, doch...«

»Wow!« Harts Aufmerksamkeit wurde schlagartig von Sven auf eine andere Person gelenkt. Fasziniert starrte er durch das Schaufenster ins *Start up*. Neben einem der Kollegen saß eine blendend aussehende Frau und ließ sich offenbar irgendetwas erklären. Unter dem kurzen Rock ihres eleganten Business-Kostüms kamen wunderschöne lange Beine zum Vorschein. Hart konnte sich an diesem Anblick überhaupt nicht satt sehen, und auch Sven schien beeindruckt. »Mit der kann man sich bestimmt gut ... unterhalten«, murmelte er.

Hart grinste und öffnete die Tür.

Warum fühle ich mich in diesen Werbeagenturen immer so fehl am Platz?, fragte sich Lolle, als sie die imposante Eingangshalle der Agentur *Advertising and more* betrat. Doch wenn sie später einmal in einem solchen Laden arbeiten würde, dann sollte sie langsam damit beginnen, sich hier wohl zu fühlen. Also los!

Doch andererseits sagte Professor Hagen seinen Studenten sowieso schlechte Chancen voraus, irgendwann einmal einen Job zu bekommen, und außerdem hatte sie ja auch noch ein wenig Zeit.

Lolle sah sich um und entdeckte einige Meter entfernt Fatman, der sich gerade mit einer hübschen jungen Frau unterhielt. Die Frau überreichte Fatman eine Mappe, lächelte ihn an und ging weg.

»Hi!« Lolle schlenderte zu Fatman hinüber.

»Was machst du denn hier?« Fred war sichtlich überrascht. Doch noch bevor Lolle etwas erwidern konnte, klingelte sein Handy. »Einen Moment bitte.« Er nahm das Gespräch an und bedeutete Lolle, dass es wohl etwas dauern würde.

»Klar.« Sie nickte verständnisvoll. »Ich geh dann mal kurz ...« Lolle betrat den Waschraum und verschwand in einer der Kabinen. Kaum hatte sie sich darin eingeschlossen, öffnete sich die Tür zum Waschraum erneut, und Lolle wurde unbeabsichtigt Zeugin eines Gesprächs zweier Frauen.

»Ich sag dir«, schimpfte die eine beim Hereinkommen, »lange halte ich das nicht mehr aus. Mir wird schon schlecht, wenn ich diese Qualle nur sehe. Ich glaube, der hasst Frauen!«

»Blödsinn«, widersprach die andere. »Der hat doch bloß Komplexe ...«

Neugierig geworden versuchte Lolle, über den Rand der Toilettentür zu spähen, doch mehr als den Scheitel der beiden Frauen konnte sie nicht erkennen.

»... wenn der sich auszieht, hat der bestimmt einen größeren Busen als wir beide zusammen«, fuhr die zweite Stimme fort. »Voll der Fatman ... uahh ...«

Für Lolle war sofort klar, über wen hier gesprochen wurde. Na gut, Fatman sag ich auch manchmal zu Fred, dachte sie beschämt, aber das, was sie soeben gehört hatte, hätte sie niemals über die Lippen gebracht.

»... Fettsäcke wie der sind doch sowieso alle notgeil ... Wenn man die richtig anpackt, kriegt man von denen alles, was man will.«

Lolle wollte nun unbedingt sehen, wer zu solchen Äußerungen fähig war, und stellte sich deshalb mit jedem Fuß auf einen Klopapierstapel. Mit Ach und Krach konnte sie so über die Toilettentür hinweglugen.

»Iswas?« Die eine Frau hatte Lolle im Spiegel entdeckt.

»Nö«, erwiderte Lolle betont gleichgültig. »Ist da vielleicht noch Klopapier?«

Der Blick der beiden Frauen glitt an der Kabinentür nach unten und blieb an den Klorollen, auf denen Lolle stand, hängen.

»Oh, ich sehe gerade ...« Eilig stieg Lolle von ihrem Beobachtungsstand und verdrehte in der Abgeschiedenheit der Kabine die Augen. Dann drückte sie die Spülung und öffnete die Tür.

Im Waschraum standen die junge Frau, mit der Fatman in der Eingangshalle gesprochen hatte, und eine Kollegin, die ebenfalls auffallend attraktiv war.

»Außerdem ist der Typ eine Superconnection in Sachen Festanstellung«, fuhr die Kollegin ungerührt fort und verstaute ihren Lippenstift in der Handtasche. »Wenn du den geschickt benutzt, machst du hier garantiert Karriere.« Mit einem letzten skeptischen Blick auf Lolle verließen die beiden Frauen den Waschraum.

Von da an stand für Lolle fest, dass sie sich in Werbeagenturen niemals wohl fühlen würde.

»Ich hab nur kurz Zeit.« Fatman beendete gerade sein Telefonat, als Lolle aus der Damentoilette zurückkam. »Also, was willst du? Einen Job oder wieder Gratis-Tampons?«

»Hey ...« Lolle war gekränkt. »Ich will nicht schnorren«, verteidigte sie sich. »Ich wollte dich nur fragen, ob du nicht Lust hast, mit Sarah und mir heute Abend wegzugehen ...«

Fatman sah sich misstrauisch um. »Hängt hier irgendwo eine versteckte Kamera?«

Eilig schüttelte Lolle den Kopf. »Sarah und ich hätten echt Lust, was mit dir zu unternehmen«, log sie, weil es im Grunde ja nur darum ging, für Fatman eine Frau zu finden und die Wette zu gewinnen.

Darüber hinaus nahm Lolle es Alex immer noch ein wenig übel, dass er sie nicht in erster Linie wegen ihrer inneren Werte liebte, und wollte ihm nun beweisen, wie oberflächlich er war. Und Sarah sollte sie dabei unterstützen. »Ich fang doch nichts mit Fatman an, nur weil du mit deinem Freund nicht klarkommst«, hatte diese protestiert. Aber das sollte sie auch gar nicht. Alles was Lolle wollte war, dass Sarah ihr bei der Suche nach etwas Passendem half.

Und so hatte Sarah sich bereit erklärt, am Abend mit Lolle und Fatman in den *Gelben Salon* zu gehen.

»Schließlich hast du Geburtstag«, fuhr Lolle fort. »Ich lad dich auch ein.«

»Im Ernst?« Fatmans Argwohn schien dahinzuschmelzen. »Ich meine, das brauchst du nicht. Geld hab ich ja genug ...«

»Super!« Lolle war froh, ihn so weit gebracht zu haben. »Aber du ziehst dir was Schickes an, ja? Und ...« Beim Blick auf seine Krawatte bildeten sich kleine Fältchen über ihrer Stupsnase. »... vielleicht mal ausnahmsweise was ohne Krawatte?«

Fatman sah Lolle skeptisch an. Doch dann verflüchtigten sich seine Zweifel, und ein zaghaftes Lächeln wanderte auf sein Gesicht. »Okay«, freute er sich. »Wenn du wirklich Lust hast ...«

»Und Sie sind Single?« Mangels Tiefkühltruhe in der Nähe hatte Hart beschlossen, die langbeinige Kundin auf direkte Weise abzuchecken.

»Wie bitte?« Entgeistert sah die Frau ihn an. Die geschäftstüchtige Schöne saß neben Sven am Schreibtisch und ließ sich von ihm den neuen Internet-Auftritt ihrer Modell-Agentur demonstrieren. Versonnen betrachtete sie dabei seine Hände, die flink über die Tastatur huschten.

Sven war Harts Frage megapeinlich. »Wolltest du dich nicht noch um dieses andere Programm kümmern?«, versuchte er das Thema zu wechseln.

Doch Hart war nicht mehr zu bremsen. »Ich hab vorhin erst zu Sven gesagt, so was merkt man irgendwie gleich.« Er grinste breit und lenkte den Blick der Kundin auf Sven. »Der da ist übrigens auch Single.«

»So?« Sie lächelte amüsiert, während Sven vor Scham tausend Tode starb. »Hart ...« Mit hochrotem Kopf und eisiger Stimme wies er seinen Freund zurecht.

»Schon gut, schon gut.« Hart wandte sich wieder seiner

Arbeit zu. »Ich muss mich, äh, noch um ein anderes Programm kümmern.«

Natalie, die Kundin, lauschte nun wieder Sven, der ihr die verschiedenen Gestaltungsmöglichkeiten ihrer Homepage erklärte. Und immer, wenn sie auf den Monitor guckte, forderte Hart Sven wild gestikulierend dazu auf, doch endlich etwas zu unternehmen.

Sven atmete tief durch und gab sich einen Ruck. »Haben Sie heute Abend vielleicht Zeit?« Seine Finger trommelten nervös auf den Rand der Tastatur. »Vielleicht ein Wein oder Kaffee oder beides, ich meine, nicht zusammen ...«

Die schöne Kundin setzte sich lächelnd auf ihrem Stuhl zurecht, sodass ihre traumhaften Beine noch besser zur Geltung kamen. »Eigentlich hab ich heute Abend schon was vor ...«

Sven sah seine Felle bereits davonschwimmen.

»... aber«, ihre Augen glitten seinen Rücken entlang zu seinem Po. »Vielleicht kommst du einfach dazu?« Sie nahm ein Stück Papier zur Hand und notierte rasch eine Adresse. »Um acht ...«

»Gern. Ich mein ... klar ... also dann ...« Verblüfft nahm Sven den Zettel entgegen und stand von seinem Schreibtisch auf. Doch seine Überraschung wurde noch größer, als sich auch die Kundin erhob und zum ersten Mal in voller Größe vor ihm stand. Denn Natalie war nicht nur faszinierend gut aussehend, sondern auch noch um mindestens eine Haupteslänge größer als Sven.

»Ciao!«, verabschiedete sie sich, und Sven und Hart sahen ihr sprachlos nach.

»Waren das gestern nicht noch meine Sneakers?« Verschlafen blinzelte Sarah auf Lolles Füße, die zweifellos in ihren Turnschuhen steckten.

»Du kriegst sie nachher wieder«, versprach Lolle und lächelte Sarah entschuldigend an. »Ich hab was mit Fatman vor.« Und das würde hoffentlich besser laufen als der gestrige Abend, der sich als totale Pleite entpuppt hatte.

Es hatte schon damit angefangen, dass Fatman Lolles Bitte, keine Krawatte zu tragen, zwar entsprochen hatte, dafür aber mit einer riesengroßen Fliege erschienen war. Und auch wenn das Ding, das da unter seinem Doppelkinn prangte, von Donatella Versace war, hatte er damit ausgesehen wie Schweinchen Dick bei einem Wohltätigkeitsempfang. Selbst im *Gelben Salon*, wo im Normalfall niemand alleine nach Hause gehen musste, war es mit einem solchen Outfit so gut wie unmöglich, jemanden zum Abschleppen zu finden.

Lolle, Sarah und Fatman hatten sich an einen der Tische gesetzt, und während überall im Raum bei der Damenwahl die Tischtelefone geklingelt hatten, war es bei ihnen unangenehm still geblieben. Wie seinerzeit in der Tanzschule hatte Fred mit Kummermiene und Bauchkrämpfen dagesessen und sich vergeblich gewünscht, endlich einmal aufgefordert zu werden.

»Also falls eine von euch Lust hat...«, hatte er sich schließlich an Lolle und Sarah gewandt, um der Peinlichkeit ein Ende zu bereiten, aber die beiden hatten verzweifelt darauf gehofft, dass doch noch eine der anderen Damen...

»Die trauen sich bestimmt nicht«, hatte Lolle versucht, Fred Mut zu machen und sich im Saal umgesehen. Nun ruft doch schon an!, hatte sie innerlich gefleht und die Frauen, die sich noch keinen Tanzpartner ausgesucht hatten, gemustert.

An einem der Nachbartische hatte eine recht attraktive junge Frau gesessen. »Du da!«, hatte Lolle ihr telepathisch zugerufen. »Ja, genau du! Nimm den Hörer ab und...«

Tatsächlich hatte die junge Frau zum Hörer gegriffen und gewählt. Doch Lolles Freude darüber, dass das Telefon an ihrem Tisch endlich geläutet hatte, war nur von kurzer Dauer gewesen ... denn die Dame hatte nicht Fred, sondern Sarah zur Tanzpartnerin auserkoren. Sarah war gleich darauf zur Tanzfläche entschwebt, und Fatman hatte irritiert ins Leere geguckt.

»Gib ihnen noch ein paar Minuten, ja?« Unermüdlich hatte Lolle ihre Aufmunterungsversuche gegenüber Fatman fortgesetzt. »Wer hierher kommt, der will jemanden kennen ...« Mitten im Satz hatte sie innegehalten und entgeistert auf die Eingangstür gegafft. »... lernen ...« Denn dort hatte ganz eindeutig Sven gestanden und sich suchend im Saal umgesehen. »Tschuldigung ...« Lolle war aufgestanden und hatte den ohnehin einsamen Fatman noch einsamer am Tisch zurückgelassen. Dann hatte sie Sarah von der Tanzfläche hinter eine Säule gezogen und ihr die Neuigkeit zugeflüstert. »Wir sollten so schnell wie möglich von hier verschwinden ... wenn Sven sich schon mal dazu durchgerungen hat, eine Frau auf diese Art und Weise zu suchen ...«

»Wenn du mich fragst«, Sarah hatte über Lolles Schulter hinweg einen optimalen Blick auf Sven gehabt, »hat er schon gefunden, was er gesucht hat.«

Lolle war herumgefahren und hatte gesehen, wie Natalie Sven mit zwei Wangenküsschen begrüßte. Dann hatten die beiden einige Worte gewechselt und waren schließlich zur Tanzfläche gegangen. »Und mir hat er erzählt, er ist ein schlechter Tänzer«, hatte Lolle in einem Anflug von Eifersucht gemurrt.

Was Lolle nicht wissen konnte war, dass Sven auch Natalie erzählt hatte, dass er ein grottenschlechter Tänzer sei. Aber da sie daraufhin angenommen hatte, dass er nur nicht mit ihr tanzen wollte, weil er sich für ihre Größe schämte, hatte er nachgegeben und sich von ihr übers Parkett schieben lassen. Wobei sein Kopf zum Amüsement der anderen Tanzpaare beinahe an ihrer Brust geruht hatte. Demzufolge waren Sven und Natalie auch nicht nur Lolle aufgefallen. Eine ganze Reihe der anderen Gäste hatte die beiden ebenfalls mit unverhohlener Neugier angegafft – denn Natalie mit ihren High Heels und der um einen Kopf kleinere Sven waren wirklich ein extremes Paar gewesen.

»The Attack of the Fifty Feet Woman«, hatte Sarah das Bild, das die beiden abgegeben hatten, lakonisch kommentiert.

Dessen ungeachtet war Sarah die Einzige von ihnen gewesen, die den *Gelben Salon* an diesem Abend in Begleitung verlassen hatte: Denn Lolle war trotz ihrer noch nicht ganz verarbeiteten Gefühle für Sven mit Alex zusammen und ihm auch absolut treu ... Sven war nach wie vor kein Mann für eine Nacht und wollte sich mit seiner Begleiterin – auch oder gerade weil er sie in vielerlei Hinsicht riesig fand – erst mal unterhalten ... und Fatman hatte das Lokal fluchtartig durch den Hinterausgang verlassen, nachdem ihn erst Sarah und dann auch noch Lolle sitzen gelassen hatte.

»Fred?« Lolle hatte ihn gerade noch rechtzeitig davonhasten sehen und war ihm hinterhergeeilt.

»Lass mich!«, hatte dieser gereizt erwidert. »Ich hab mich wirklich auf heute Abend gefreut. Stattdessen tanzt deine Freundin mit den Frauen und du gaffst andauernd irgendwelche Typen an ...«

Erst als Lolle Fred erklärt hatte, dass sie nur nicht mit ihm getanzt hatten, weil sie ihm hatten helfen wollen, eine Freundin zu finden, hatte er Lolles Entschuldigung angenommen. Trotzdem war seine Stimmung mies geblieben, denn Fatman war einfach der Meinung, dass ihn sowieso niemand haben wollte. Da half alles Reden von Lolle nichts.

Deshalb hatte sie sich nun etwas Neues überlegt, um den Dicken unter die Haube zu bringen und ihre Wette zu gewinnen. Und dazu brauchte sie Sarahs Sneakers.

Lolle saß in ihrer Jogging-Kluft am Küchentisch und hielt Sarah das Stadtmagazin hin.

»Lehrgänge in transsexueller Thaimassage«, las Sarah irritiert eine der Anzeigen vor.

»Eine Reihe tiefer.«

»Fatburner«, nun hatte Sarah das richtige Inserat gefunden, »das ultimative Single-Joggen.« Verständnislos runzelte sie die Stirn.

»Ich hab mir gedacht, da hat er mit den anderen gleich ein gemeinsames Thema«, begeisterte sich Lolle für ihre

Idee. »Das gestern war einfach der falsche Weg. Fred ist eben nicht der ... leidenschaftliche Tänzer-Typ. Er ist eher ...«

»... der sportlich-dynamische Typ, was?« Sarah konnte sich ein Lachen nicht verkneifen.

Im selben Moment kam Sven, nur mit einem Handtuch um die Hüften, in die Küche. »Hat eine von euch den Föhn gesehen?«

»Den brauchte ich gestern für eine Ratte.« Sarah fand an dieser Aussage absolut nicht Außergewöhnliches. Eine Apothekenzeitschrift hatte ihr den Auftrag zu einer Fotoserie mit dem Titel »Mein Haustier und ich« gegeben, und nun fotografierte sie schon seit Tagen fleißig. Zum Beispiel einen Mann, der nur mit einem pinkfarbenen Lendenschurz bekleidet war, gemeinsam mit einem rosaroten Schaf. Oder eben eine Ratte mit ihrem Besitzer. Ob die Zeitschrift tatsächlich solche Fotos wollte, stand für Sarah überhaupt nicht in Frage. »Ich hol ihn dir gleich«, meinte sie zu Sven und ging aus der Küche, um ihm den Haartrockner zu bringen.

»Ist irgendwas?« Sven goss sich einen Kaffee ein und bemerkte Lolles prüfenden Blick.

»Nö.« Sie schüttelte den Kopf. »Dein Geschäftsessen gestern Abend«, setzte sie dann zögernd an, »scheint ja ein großer Erfolg gewesen zu sein.«

»Vor allem *groß*.« Sarah kam mit dem Föhn zurück und reichte ihn grinsend Sven. »Um nicht zu sagen: riesengroß.«

Sven, der nicht recht wusste, was er nun entgegnen sollte, wurde zum Glück von Hart erlöst. »Ich will ja nicht stören, aber vor eurer Haustür versammelt sich gerade eine halbe Tierarztpraxis«, verkündete er.

»Scheiße!« Sarah warf einen Blick auf die Uhr. »Das sind meine Models ...« Sie lief aus der Küche, und Hart folgte ihr. »Hast du dir schon mal überlegt, dich mit deiner Schildkröte fotografieren zu lassen?«, wollte sie von ihm wissen.

»Das wird doch nicht wieder ein Aktfoto?« Mit leichtem Unbehagen erinnerte er sich an ihre Fotositzung, bei der Sarah ihn glauben machen wollte, dass er sich gegen all die schönen Bodys behaupten könne, die sie sich ansonsten vor die Linse holte. Weil es ihr, wie sie sagte, bei der Aktfotografie nämlich auf den Menschen ankam und sie der Meinung war, dass in Hart eine tolle Persönlichkeit steckte. Doch trotz dieses Kompliments, das Hart runtergegangen war wie Öl, hatte er sich nur das Sweatshirt ausgezogen. Und auf einen zweiten Versuch, sich womöglich völlig nackt zu präsentieren, wollte er es erst gar nicht ankommen lassen.

»Doch«, bestätigte Sarah seine Vermutung. »Aber nur von der Schildkröte.«

Sven blieb bei Lolle in der Küche zurück und rührte lustlos in seiner Kaffeetasse. »Gehst du zum Sport?«, fragte er mit Blick auf ihre Freizeitklamotten.

»Ja.« Lolle nickte, und gleich darauf sagte sie etwas, von dem sie sich später nicht erklären konnte, weshalb es über ihre Lippen gekommen war: »Kommst du mit?« Völlig perplex über sich selbst, versuchte sie sogleich, das Angebot wieder rückgängig zu machen. »Dabei fällt mir ein, du musst ja ins Büro«, fuhr sie hastig fort. »Schade …«, presste sie hervor und verließ fluchtartig den Raum.

Schweigend trabte Lolle inmitten eines Pulks dicker, schwitzender Menschen neben Fatman her und fragte sich noch immer, warum zum Teufel sie das gemacht hatte. Und was wäre gewesen, wenn Sven wirklich mitgekommen wäre?

Ich bin doch in Alex verliebt, rief sie sich selbst zur Vernunft. Und mit Sven zu flirten, obwohl ich in Alex verliebt bin, das ist wirklich …

»Eine saublöde Idee …«, Fatman, der mit seiner Kondition kämpfte, holte Lolle schwer atmend in die Realität zurück.

»Nach der ersten halben Stunde soll der Körper irgendwelche Glücksstoffe ausstoßen«, erklärte Lolle begeistert.

»In einer halben Stunde bin ich bereits tot.«

Lolle seufzte und erinnerte sich wieder daran, weshalb sie Fatman diesen Strapazen aussetzte. Sie drehte sich im Laufen um und sah eine korpulente, sympathisch wirkende Frau, die sich ebenso verzweifelt abmühte wie Fred. »Die hinter uns sieht irgendwie nett aus, findest du nicht?«

Fatman wandte sich um, und die Frau lächelte ihn an. »Ich finde sie dick«, konstatierte er nur und versuchte weiterhin keuchend, mit der Gruppe Schritt zu halten.

»Na und?« Lolle hätte ihn geradewegs in seinen fetten Arsch treten und ihn anschließend an die Wand klatschen können.

»Ich will keine Dicke. Dick bin ich selbst«, fuhr Fatman zur Erklärung fort.

»Das ist ja wohl der bescheuertste Spruch, den ich seit langer Zeit gehört habe«, eiferte sich Lolle und lief weiter.

»Eigentlich hab ich doch noch gar nichts gesagt.« Urplötzlich tauchte Alex neben ihr auf und antwortete an Freds Stelle.

»Was machst du denn hier?« Lolle war total verdattert.

»Joggen?« Alex grinste frech. Sarah hatte ihm gesagt, wo Lolle war, und nun wollte er sie fragen, ob sie mit zur Hochschule kam. Aber das war im Moment offensichtlich mal wieder ein schlechter Zeitpunkt. »Ich nehme an, du musst Fatman vor seinen zahlreichen Verehrerinnen beschützen«, witzelte Alex. »Die alle wahnsinnig auf seine inneren Werte abfahren und ...« Er wollte sich noch weiter auslassen, aber die sympathische Dicke von eben zog Lolles Aufmerksamkeit auf sich.

»Ich glaube, du solltest dich um deinen Freund kümmern.« Die Frau zeigte schnaufend hinter sich und trabte dann tapfer weiter.

In einiger Entfernung saß Fatman kraftlos auf einer Bank und rang verzweifelt nach Luft. Ohne ihn auch nur eines Blickes zu würdigen, liefen die korpulenten Fatburner-Mädels an ihm vorbei. Keine einzige zeigte auch nur eine Spur Interesse und nicht mal einen Funken Mitleid.

»Tja, da hat sie wohl Recht.« Alex grinste Lolle triumphierend an. »Dann bis heute Abend ...« Er wollte sich bereits absetzen, doch dann blieb er nochmals stehen. »Ach, ich hab schon mal Massageöl gekauft ...« Sein schadenfroher Unterton ließ sie ahnen, was nun kam. »Du wirst es brauchen.«

Lolle zog eine Schnute und joggte zu Fatman zurück.

»Ich hasse Sport! Und Joggen ganz besonders ...«, keuchte Fred, während er dasaß wie ein nasser Sack. Doch so erbärmlich sein Anblick auch sein mochte, Lolle hatte allmählich genug. »Deine ständige Selbstmitleidsnummer geht einem echt auf die Nerven«, keifte sie ihn an.

»Ach«, beleidigt sah Fred zu ihr hoch, »nur weil ich mich nicht sofort in die erstbeste dicke Trulla verknalle, bist du jetzt sauer auf mich ...«

»Nein.« Lolle schüttelte energisch den Kopf. »Aber hörst du dir eigentlich manchmal selber zu? Du nörgelst ständig!«

»Wenn du so aussehen würdest wie ich ...«

»Das Ganze hat überhaupt nichts mit deinem Aussehen zu tun«, fiel sie ihm grimmig ins Wort. »Frauen verlieben sich nämlich auch in dicke Männer. Aber bestimmt nicht in so überhebliche, mimosenhafte Jammerlappen wie dich.«

Fred wollte etwas erwidern, doch Lolle war schneller. »Und weißt du was?«, herrschte sie ihn an. »Ich hab auch noch was anderes zu tun.«

»Lolle?« Fatman zögerte eine Sekunde, doch dann sprang er auf und lief ihr hinterher. »He, Lolle, warte! Es ... es tut mir Leid.«

Lolle blieb abrupt stehen, drehte sich um, und dann sahen sich die beiden für einige Sekunden schweigend an.

»Ich ...«, begann Fred schließlich und suchte nach den richtigen Worten. »Weißt du, wenn einen die anderen immer nur als Fußabstreifer benutzen, dann sagt man sich irgendwann: Okay, wenn ihr mich scheiße findet, finde ich euch eben auch scheiße. Das ist wie ein Panzer, den man irgendwann um sich herum aufbaut. So kann einen niemand mehr verletzen ...«

»Aber wenn man den Panzer immer weiterwachsen lässt, dann erdrückt er einen irgendwann«, wandte Lolle nachdenklich ein.

»Bis dahin hab ich hoffentlich Karriere gemacht.« Fred setzte ein schiefes Lächeln auf. »Du weißt ja: Mit Kohle ist man auch als Dicker gefragt.«

Lolle schluckte, und als Fred die Traurigkeit in ihren Augen sah, schluckte auch er.

»Hast du denn nie jemanden getroffen, für den es sich gelohnt hätte, den Panzer abzulegen?«, fragte sie leise.

»Doch.« Er druckste herum. »Schon.«

»Und?«

»Na ja, sie sieht unheimlich niedlich aus und kann ganz toll zeichnen. Und sie mag Comics genauso gerne wie ich ...«, erwiderte er zögernd.

Ach du Scheiße!, durchfuhr es Lolle.

»... aber ich glaub nicht, dass sie was für mich übrig hat«, fuhr Fatman fort. »Wahrscheinlich findet sie mich einfach nur widerwärtig.«

»Na ja«, unwillkürlich rückte Lolle ein Stück von ihm ab, »vielleicht erwidert sie deine Gefühle nicht, aber ich bin mir sicher, dass sie dich nicht widerwärtig findet.«

»Ich weiß nicht.« Unglücklich blickte Fred zu Boden. »Na ja, als ich sie gestern in der Kantine gesehen habe ...«

»In der Kantine?« Lolle stutzte. Kantine? Sie kannte die Kantine von *Advertising and more* nicht einmal.

»Ja, in der Kantine«, meinte Fred und kam wieder auf die Frau seiner Träume zu sprechen. »Also da hab ich Christin gesehen ...«

»Christin?« Lolle war so erleichtert, dass sie die Unbekannte spontan in ihr Herz schloss.

»... und sie hat mich gefragt, wie ich ihre Idee für die Präsentation morgen finde«, fuhr Fred mit seiner Geschichte fort.

»Und wie findest du sie?«

»Gut. Viel besser als die von Klotz. Sie hat echt eine Chance verdient.«

»Lad sie doch einfach irgendwohin ein und sag ihr das«, ermutigte Lolle ihn. »Was hast du denn schon zu verlieren?«

»Meine Selbstachtung, meine Würde und mein Selbstvertrauen?«, gab Fred mit einem Seufzer zu bedenken.

»Siehst du ...« Lolle lächelte. »Was hältst du davon, wenn du heute Abend einfach zum Essen bei mir vorbeikommst?«

Fred lächelte zurück. »Aber du versuchst nicht schon wieder, mich zu verkuppeln, oder?«

Treuherzig schüttelte Lolle den Kopf. Zumindest tu ich es nicht mehr wegen der Wette, relativierte sie ihre Verneinung im Geiste.

Fred wusste nicht wirklich, was Frauen wünschen. Das zeigte sich schon, als er Lolle am Abend sein Gastgeschenk überreichte. »Ich wusste nicht, was dir sonst gefällt.« Verlegen hielt er ihr eine Schachtel mit Tampons entgegen. »Ein blödes Geschenk.«

»Nein, nein«, erwiderte Lolle irritiert, obwohl er natürlich Recht hatte. »Die kann man ja immer gebrauchen.«

»Erwartest du noch Besuch?« Fred bestaunte den romantisch gedeckten Tisch und konnte sich nicht vorstellen, dass er der Anlass für den ganzen Aufwand sein sollte. Für das schöne Geschirr, die Kerzen, die stimmungsvoll flackerten, die sanfte Schmusemusik ... Allenfalls als potenzieller Abnehmer für den großen Topf Suppe, der auf dem Herd köchelte, zog er sich selbst in Betracht.

»Fred«, auf Sarahs Rat hin hielt Lolle es für besser, Fred auf das, was gleich passieren würde, frühzeitig vorzubereiten, »gleich kommt hier jemand vorbei. Und dieser Jemand ist Christin.« Lolle hatte in der Agentur angerufen und unter einem Vorwand mit Christin vereinbart, dass sie die Mappe für Fred bei ihr vorbeibringen würde.

»Was?!« Fassungslos starrte Fred Lolle an.

»Du brauchst keine Angst zu haben.«

Doch ihre Beschwichtigungsversuche prallten an ihm ab.

»Ich hab aber Angst! Du hast mir versprochen ...« In Panik wollte er zur Tür hinausstürmen. »Das packe ich nicht!«

Mit der Suppenkelle in der Hand lief Lolle hinter ihm her. »Fred!« Sie stolperte, fiel gegen ihn, und in Sekundenschnelle ergoss sich eine Ladung Suppe über seine helle Hose.

»Au!« Mit der heißen Suppe im Schritt sprang Fred herum wie Rumpelstilzchen. »Scheiße!«

»Tschuldige!« Lolle tat der Vorfall wirklich Leid. Sie holte einen Schwamm und rieb emsig auf dem Hosenstoff zwischen Freds Beinen herum, um zu retten, was noch zu retten war.

»Geht dein Motivationsprogramm nicht langsam etwas zu weit?« Alex war unbemerkt hereingekommen, da eines von Sarahs Modellen die Wohnungstüre offen gelassen hatte. Aber er nahm die Sache mit Humor.

Fatman dagegen fand das alles gar nicht mehr lustig. Und noch weniger, als es an der Haustür klingelte. »Scheiße!«, meinte er ein weiteres Mal und stürzte in Richtung Badezimmer.

Lolle und Alex eilten ihm nach.

Zunehmend hektisch wischte Fred nun selbst mit einem Lappen auf seiner Hose herum, doch das Ergebnis wurde immer schlimmer.

»Kannst du die ausziehen?« Lolle deutete auf Alex' Jeans. »Er braucht eine Hose«, erklärte sie auf seinen verblüfften Gesichtsausdruck hin.

»Ich natürlich nicht«, maulte Alex und zog seine Hose trotzdem aus.

»Auf was wartest du?«, drängte Lolle nun auch Fred, sich seiner Beinkleider zu entledigen. Widerwillig folgte er ihrem Befehl. Aber er bekam Alex' Jeans nicht ganz hochgezogen und zerrte unglücklich an ihrem Bund.

»Würde vielleicht mal einer die Tür...« Sven staunte Bauklötze, als er die beiden halb nackten Männer im Flur sah.

»Also, dabei helfe ich ihm nicht«, weigerte sich Alex,

Fred beim Kampf mit der Hose zu unterstützen, und verschwand in Lolles Zimmer.

Während Sven auf den Summer drückte, ging Lolle in die Hocke und zerrte entschlossen die Hose nach oben.

»Ich sehe aus wie 'ne gestopfte Gans«, beschwerte sich Fatman, als er schließlich an sich hinuntersah. »Wahrscheinlich lacht sie sich kaputt, wenn sie mich so sieht ...«

»Niemand lacht über dich.« Lolle versuchte ihn zu beruhigen. »Zwischen Männern und Frauen geht es nicht nur ums Aussehen. Da geht es um Intelligenz und ...«

Ein fast hysterisches Kichern schnitt ihr das Wort ab. »Mein Gott, eine Presswurst!« Nicht Christin, sondern Natalie stand nun im Flur und konnte kaum an sich halten.

Fred sah sie verletzt an. Dann löste er sich aus seiner anfänglichen Erstarrung, verschwand im Bad und knallte lautstark die Tür hinter sich ins Schloss.

»Wenn ich aussehen würde wie eine mutierte Bohnenstange, würde ich mich nicht über andere lustig machen«, zischte Lolle Natalie an. Aber sie konnte ihr Zornes-Repertoire nicht weiter zum Einsatz bringen, denn Sven bremste sie sofort aus.

»Lolle, das reicht!«, rief er.

»Das war gemein!« Natalies Unterlippe begann zu zittern, und dann floh sie in Tränen aufgelöst zur Tür hinaus.

»Natalie ...« Sven folgte ihr, nachdem er Lolle mit einem bitterbösen Blick bedacht hatte.

»Fred?« Zaghaft klopfte Lolle an die Badezimmertür. »Es tut mir Leid. Natürlich bist du keine Presswurst. Du bist ein toller Mann. Wirklich! Du musst nur *ein* Mal mutig sein und den Fred rauslassen, der unter deinem Panzer steckt.«

Schweigen.

»Ich meine den Fred, der so gut zeichnen kann«, fuhr Lolle unermüdlich fort. »Und den, der so viel Ahnung von Comics hat. Und den ... der ... der unheimlich gut küsst.«

»Küsse ich wirklich so gut?« Mit diesem Argument schien Lolle das Eis gebrochen zu haben, denn Fred steckte vorsichtig den Kopf zur Tür hinaus.

»Aber wehe, du wirst jetzt eingebildet ...«

Gerade als ein unsicheres Lächeln seine Miene erhellte, klingelte es wieder.

»Können wir das schaffen?« Lolle sah ihm in die Augen und Fred nickte. Dann hob er seine eigene Hose vom Boden auf und verdrückte sich damit schleunigst in die Küche.

»Hallo?«, ertönte es von unten, als Lolle in den Hausflur trat. »Ich wollte Fred nur kurz meine Präsentation vorbeibringen.«

»Komm einfach hoch.« Lolle hörte, dass die Schritte der Besucherin bereits näher kamen. »Ich hab gerade gekocht. Wenn du Lust hast, kannst du ja mit uns ...«

Die junge Frau erschien nun am Treppenabsatz, und Lolle hielt abrupt inne.

»... essen.« Vor ihr stand dieselbe junge Frau, die sie bereits in der Eingangshalle mit Fred gesehen hatte ... und die im Waschraum der Agentur von ihrer Kollegin aufgeklärt worden war, wie man dank der fetten Qualle Karriere machen konnte. Lolle starrte sie an wie eine schreckliche Horrorerscheinung.

»Gern. Aber ich hab mich noch gar nicht vorgestellt.« Die junge Frau streckte Lolle die Hand entgegen. »Hi, ich bin Christin.«

Nachdem Lolle sich von ihrem ersten Schrecken erholt hatte, überlegte sie fieberhaft, was sie tun konnte, damit Christin sich schnellstens wieder verabschiedete.

Aber ihr erging es dabei wie Goethes Zauberlehrling und sie wurde die Geister, die sie gerufen hatte, nun einfach nicht mehr los. Vor allem, da Fatman sich dank Lolle entschlossen hatte, seinen Panzer abzulegen, und nun den wahren Fred rausließ. Und so ging alles, was Lolle unternahm, um Christin abzuschieben, komplett daneben. Sie leugnete, dass Fred überhaupt da war – und schon kam er aus der Küche. Nervös, aber mit einer gewissen Vorfreude und in ein Handtuch gehüllt, das wie eine Schürze den Suppenfleck auf seiner

Hose verdeckte. Lolle setzte an, Christin wieder zu verabschieden – und Fatman bat sie zu bleiben. Nichts, was Lolle vorbrachte, ließ Fred gelten. Weder dass zu wenig Suppe da war, um noch einen weiteren Gast zu bewirten, noch dass Lolle so großen Hunger hatte, dass es gerade mal für sie allein reichen würde ... und so blieb Lolle nichts anderes übrig, als die Kerzen zu löschen, das grelle Deckenlicht anzuschalten, die Musik abzudrehen und das Fenster zu öffnen, um mit dem Straßenlärm den letzten Hauch von Romantik zu vertreiben. Als letzte verzweifelte Maßnahme stellte Lolle noch eine große Vase zwischen Fred und Christin, die am Tisch einander gegenüber Platz genommen hatten und sich nun freundlich anlächelten. Schließlich ging sie auf Unterstützung hoffend in Sarahs Zimmer.

»Du musst mir unbedingt helfen, diese –« Lolle war ziemlich überrascht, als sie Hart nur mit einem Lendenschurz bekleidet und mit seiner Schildkröte Mr. Psycho auf dem Kopf für Sarah posieren sah. Doch im Moment gab es Wichtigeres. Und das spielte sich gerade in ihrer Küche ab. »Diese Christin schmeißt sich an Fred ran, als ob er Tom Cruise persönlich wär ...«

»Ich denke, das wolltest du?« Sarah konnte Lolles plötzlichen Gesinnungswandel nicht verstehen, und so erzählte Lolle ihr von dem Gespräch, das sie im Waschraum belauscht hatte.

»Und diese Kollegin hat ihr gesagt, sie soll ihn verführen, um Karriere zu machen. Und genau das tut sie jetzt gerade in unserer Küche!«, schloss Lolle ihren Bericht.

»Sie vögeln in unserer Küche?« Sarah stutzte.

»Nein.« Lolle seufzte und holte mit ihren Erklärungen weiter aus. Christin war nun mal eine Neun und Fatman eine Zwei. Also konnte sie ihn nicht einfach nur nett finden. »Neunen verlieben sich nicht in Zweien«, leierte sie Alex' Theorie herunter, ohne zu bemerken, dass sie allmählich selbst in diese oberflächliche Denkweise verfiel.

»Jeder hat das Recht auf eigene Erfahrungen. Auch die Zweien«, meinte Sarah nur und wandte sich wieder Hart zu.

Schnaubend ging Lolle in ihr Zimmer. Dann musste eben Alex herhalten und diese Christin mit seinem Charme von Fred abziehen.

Und Alex opferte sich, auch wenn er nicht wusste warum und wieso. Doch Lolle zuliebe tat er ja fast alles. Allerdings war sein Einsatz nicht von Erfolg gekrönt. Egal, was er zu Christin sagte, sie antwortete ihm kurz angebunden und konzentrierte sich dann gleich wieder auf Fred. Das Lächeln, mit dem sie Fred betrachtete, wurde immer wärmer, und sie machte ihm ein Kompliment nach dem anderen.

»Du weißt gar nicht, wie mich das freut. Gerade wenn so ein Lob von dir kommt«, flötete sie, nachdem Fred ihre Idee für einen Werbespot für gut befunden hatte. »Du wirkst immer so sicher und kompetent. Wie ein Fels in der Brandung ...«

Lolle verdrehte angewidert die Augen und bedeutete Alex, sich noch mehr anzustrengen. Aber sein Charme war an Christin verschwendet. Sie blieb zwar freundlich und verbindlich, doch ihre Aufmerksamkeit galt einzig und allein Fred. Also gab Alex auf, und Lolle musste wieder allein sabotieren. Sie nahm Christins halb ausgetrunkenes Weinglas, kippte den Rest in die Spüle und blickte demonstrativ zur Uhr.

»Wenn du noch die letzte S-Bahn kriegen willst ...«

Aber Christin und Fatman waren so in ihr Gespräch vertieft, dass sie Lolle gar nicht wahrnahmen.

Als die beiden endlich von selbst zum Aufbruch rüsteten und Fred Christin nach Hause bringen wollte, startete Lolle einen letzten Versuch. In ihrer Angst um Fred war sie sogar bereit, ihren eigenen Freund zu verleihen und erwog die Möglichkeit, dass doch Alex Christin begleiten könne. Aber zum einen war Alex mit dem Fahrrad da, und zum anderen hätte Fred es sich auch nicht nehmen lassen, die Minuten mit Christin bis zuletzt auszukosten. Und so verließ er vor Glück strahlend mit ihr das Haus.

»Du hast überhaupt nicht richtig mit ihr geflirtet«, beschwerte sich Lolle, als sie neben Alex im Bett lag. Aber

Alex war nun mal nicht in der Lage, mit einer anderen Frau zu flirten, wenn er bis über beide Ohren in Lolle verliebt war. Und außerdem war er der Meinung, dass Christin Fred wirklich mochte. Nur für Lolle kam diese Möglichkeit absolut nicht in Betracht.

Liebevoll begann Alex damit, Lolles Vorzüge mit denen von Christin zu vergleichen und setzte sich damit komplett in die Nesseln. Denn während er sie zärtlich küsste, sprach er von ihrem Haar und vernachlässigte ihren Charakter, von ihrem Hals und sagte kein Wort von ihrer Phantasie, von ihren Brüsten ...

»Gute Nacht!« Lolle schob Alex heftig von sich und drehte sich zur Seite. Irgendwie schien die ganze Welt inzwischen nur noch aus Oberflächlichkeit zu bestehen.

»Bist du dir sicher, dass es hier wirklich nur um eine Massage geht?« Alex hatte keine Ahnung, was er nun schon wieder verbrochen hatte. »Ich komme mir die ganze Zeit vor, als hätte ich irgendwas Entscheidendes nicht kapiert. Ich weiß nur nicht was ...«

Als Lolle am nächsten Morgen aufwachte und Alex bereits zur Hochschule gefahren war, wurde ihr klar, weshalb sie sich so dafür eingesetzt hatte, für Fred eine Frau zu finden: Sie hatte sich selbst beweisen wollen, dass das zwischen Alex und ihr etwas Besonderes war. Dass er sich in ihre Seele verliebt hatte. Aber zuguter Letzt hatte sie doch feststellen müssen, dass Alex auf ihre Seele in einem weniger attraktiven Körper nicht ganz so abgefahren wäre.

»Sei nicht so streng mit der Welt«, versuchte Sarah sie zu trösten. »Aussehen und Liebe kann man nicht von einander trennen.«

Lolle nickte stumm. Und genau deshalb musste sie dringend mit Fred sprechen, bevor Christin ihn noch weiter um den Finger wickeln und als Karrieresprungbrett benutzen konnte.

»Lolle!« Fred sprang freudig von seinem Schreibtischstuhl auf und umarmte sie überschwänglich. »Du wirst es nicht glauben! Christin und ich haben die ganze Nacht durchgeredet und zum Abschied ...« Mit einem verlegenen Lächeln schloss er die Bürotür. »Zum Abschied hat sie mich geküsst. Ich sag dir, das war noch tausendmal besser als unser Kuss im Comicladen.«

»Vielen Dank für die Blumen«, sang Lolle und löste sich beleidigt von ihm. »Vielen Dank, wie lieb von dir.«

»Hättest du gedacht, dass ich bei so einer tollen Frau Chancen habe?« Fred war so euphorisch, dass er Lolles Verstimmung gar nicht registrierte.

»Nein.«

»Siehst du!« Er übersah auch ihr gequältes Lächeln. »Ich auch nicht! Es ist einfach ...«

»Fred?« Lolle wollte die Wahrheit nicht länger aufschieben. »Hat Christin dich gestern Nacht zufällig gebeten, ihr beruflich in irgendeiner Form behilflich zu sein?

»Ja.« Arglos plapperte Fred weiter. »Sie hat Probleme mit unserem Chef, aber Klotz ist manchmal auch wirklich etwas schwierig ...«

»Fred«, Lolle gab sich einen letzten Ruck, »was ich dir jetzt erzähle, tut mir schrecklich Leid. Aber ich glaube, du solltest es wissen. Christin ...« Sie sah Freds leuchtende Augen und musste schlucken, »Christin ist nicht in dich verliebt.«

»Nicht?« Er sah sie verständnislos an, und Lolle erzählte ihm, was sie auf der Damentoilette gehört hatte. Wobei sie die heftigsten Äußerungen abmilderte und zum Beispiel die ›fette notgeile Qualle mit den Riesentitten‹ durch den Begriff ›unangenehm‹ ersetzte.

Fred drehte sich zum Fenster und starrte wie versteinert nach draußen. »Lässt du mich bitte allein?«

»Natürlich.« Lolle konnte sich vorstellen, wie er sich jetzt fühlte, und ging leise zur Tür.

Svens Hemd sah aus, als hätte er einen Kampf hinter sich, und an seinem Hals prangte unübersehbar ein Knutschfleck.

»Und?« Hart konnte sich einen blöden Spruch nicht verkneifen, als Sven am Vormittag dergestalt ins *Start up* kam. »Worüber habt ihr euch unterhalten, Natalie und du?«

»Keine Ahnung.« Sven zuckte unwillig mit den Schultern. »Über alles Mögliche. Außerdem muss man sich ja nicht ständig unterhalten.«

»Du hast ein Sexding laufen.« Beeindruckt nahm Hart nun auch die Lippenstiftspuren zur Kenntnis, die an Svens Hemdkragen prangten. »Mann, hast du's gut! Das wollte ich seit der sechsten Klasse ...«

»Ich hab kein Sexding laufen«, knurrte Sven genervt. »So was ist total unreif und gefühllos. Das zwischen Natalie und mir, das ist ...«

Sven wusste selbst noch nicht, was es war. Er war Natalie gestern gefolgt, als sie heulend aus der Wohnung gestürzt war, und hatte sich im Hausflur zu ihr auf die Treppe gesetzt. Und dort hatte sie ihm ihr Herz ausgeschüttet. »Ich hab diese ganzen Sprüche so satt!«, hatte sie geschluchzt. »Weißt du, wie das ist, wenn sich die Leute jeden Tag auf deine Kosten amüsieren? Hey, wie ist denn die Luft da oben, Funkturm«, hatte sie das dämliche Geschwätz der Leute nachgeäfft.

Sven hatte versucht sie zu trösten und ihr beteuert, wie hübsch sie war ... und dass er keine Probleme mit großen Frauen hätte. Und daraufhin hatte Natalie sich in seine Arme geworfen und ihn mit nach Hause genommen.

Dort hatte sie dann die Initiative ergriffen und Sven zunächst geküsst, sich dann bis auf ihre sexy Dessous ausgezogen, und schließlich waren sie miteinander im Bett gelandet. Oh what a night! Aber irgendwie war es schon seltsam, neben einer Frau aufzuwachen, deren Füße um einiges weiter unter der Bettdecke herausragten als die eigenen.

Und dann hatte Natalie Sven am Morgen noch einmal gefragt, ob er Probleme mit ihrer Größe hätte, und er hatte dies erneut verneint. »Wie kommst du denn drauf? Es war absolut ... sagenhaft! Du, ich muss aber jetzt dringend los.« Mit dem Versprechen, sie anzurufen, hatte er sich verabschiedet und war zur Arbeit gefahren. Und in der Tat wusste er nun nicht so recht, was das zwischen Natalie und ihm war.

»Wild und hemmungslos?«, schlug Hart vor, und seine Fantasie schien mit ihm durchzugehen. »Grenzensprengend und animalisch?«

»Quatsch!«, gab Sven ungehalten zurück. Warum war er nur so mies drauf? »Wir haben unheimlich viel gemeinsam«, leierte er einen seiner angestaubten Sprüche herunter. »Wirklich!«

Hart nickte wissend. »Zum Beispiel dass sie groß ist und du nicht.«

»Wir ... wir ...«
»Ja?«, hakte Hart gespannt nach.
»... mögen beide Musik.«
»Wow! Tut ja auch sonst kein Mensch.«

Sven sagte eine Weile nichts. »Wir müssen uns wohl noch etwas eingehender unterhalten«, sagte er schließlich matt.

Atemlos kam Lolle in die Eingangshalle von *Advertising and more* zurück und blickte sich suchend um. So wie es aussah, hatte sie vorhin den größten Mist ihres Lebens gebaut. Aber wie hätte sie wissen sollen, dass Christin mitnichten eine karrieregeile Schnepfe war, sondern es mit Fred wirklich ernst meinte? Und dass die Qualle, von der Christin im Waschraum mit ihrer Kollegin gesprochen hatte, gar nicht Fred war, sondern ihr widerwärtiger Chef? Und wenn Christin nicht vor Lolles Wohnung gewartet hätte, als sie eben nach Hause gekommen war, dann hätte sie es auch nie erfahren.

»Ich versteh das einfach nicht«, hatte Christin verzweifelt ausgerufen und sich in Lolles Arme geworfen. »Der Abend gestern bei dir war so schön! Und Fred war so lieb. Und jetzt ... jetzt behandelt er mich auf einmal, als hätte ich die Krätze.«

Im Unterschied zu Christin hatte Lolle schon gewusst, woran das lag. Aber auch Christin hatte sich dazu ihre

Gedanken gemacht. »Meinst du, er glaubt, ich will mich nur an ihn ranmachen, damit er mir beruflich hilft?« Schniefend hatte sie sich die Tränen aus den Augen gewischt. »Ich hab den ganzen Morgen überlegt, was es sonst sein könnte. Dabei wollte ich doch eh längst kündigen! Ich hab die Qualle doch nur wegen Fred so lange ertragen...«

Und da war Lolle aufmerksam geworden.

»Ich weiß, es ist fies ihn so zu nennen«, hatte Christin zugegeben. »Aber alle nennen Klotz so.«

Fred dagegen war keine Qualle, sondern in Christins Augen kräftig und stark! Wie ein Fels in der Brandung eben ... und der Einzige, der ihr half.

»Ich rede mit Fat..., ich meine, ich rede mit Fred.« Lolle hatte nicht lange gezögert, um das, was sie da angerichtet hatte, wieder gut zu machen, und war sofort zurück in die Agentur gefahren. »Wir treffen uns in zwei Stunden wieder hier, okay?«, hatte sie mit Christin vereinbart. Und nun stand sie in der Eingangshalle und hielt Ausschau nach Fred.

Lolle wollte gerade auf den Fahrstuhlknopf drücken, als Fred mit einem unsympathisch wirkenden, aufgedunsenen Mann jenseits der besten Jahre um die Ecke bog. Lolles untrügliches Gespür sagte ihr, dass dieser Kerl niemand anderes sein konnte als der verhasste Klotz.

»Diese Moderau hat wirklich nichts begriffen«, schimpfte dieser gerade lautstark über Christins Präsentation. »Unsere Zielgruppe sind Manager um die fünfzig. Die brauchen doch kein Auto! Davon haben die schon zig in der Garage stehen. Die wollen, dass die Weiber sich nach ihnen umdrehen. Die wollen Sex! Die wollen...«

»Fred?« Lolle stellte sich den beiden direkt in den Weg.

»Hat Ihnen niemand beigebracht, die Klappe zu halten, wenn andere sich unterhalten?« Unwillig hielt Klotz bei Lolles Anblick inne.

Sie brauchte nur einen winzigen Moment, um diese Beleidigung wegzustecken, und dann schlug Lolle zurück. »Und hat *Ihnen* niemand beigebracht, dass Höflichkeit eine Zier ist?«

»Entschuldigung ...« Fred war Lolles Auftritt furchtbar unangenehm. »Ich weiß wirklich nicht ...«

»Schon gut.« Mit einem eisigen Blick auf Lolle drehte Klotz sich um. »Wir sehen uns nachher. Und sagen Sie dieser Tussi hier, dass sie noch einiges zu lernen hat. Frauen!«, murmelte er angewidert und ging davon. »Nur eine Gehirnwindung mehr als eine Kuh. Und das auch nur, damit sie nicht auf den Hof scheißen ...«

»Statt einfach in Gespräche reinzuplatzen, solltest du das nächste Mal besser anrufen«, meinte Fred unterkühlt zu Lolle. »Das ist vielleicht nicht ganz so karriereschädigend.«

»Tut mir Leid, aber es ist wichtig!« Lolle eilte neben Fred her, der mit ausholenden Schritten auf den Ausgang zusteuerte. »Wegen vorhin ... Was ich dir da von Christin erzählt habe ... Das war alles nur ein Missverständnis. Sie hat überhaupt nicht dich gemeint!«

Verständlicherweise schenkte Fred Lolle keinen Glauben. »Wenn du ein schlechtes Gewissen hast, kann ich dich beruhigen: Das brauchst du nicht. Ich hätte gleich wissen müssen, dass sich jemand wie Christin nie ohne Grund mit mir abgeben würde ...«

»Aber ...«

»... und damit ist das Thema für mich erledigt. Und zwar endgültig!« Fred rauschte durch die Drehtür nach draußen, stieg in seinen Sportwagen und brauste davon.

»Mist!«, fluchte Lolle und stapfte wütend mit dem Fuß auf. Aber dann nahm sie die Beine in die Hand und sauste los. Sie konnte sich gut vorstellen, wohin Fred nun gefahren war.

Und wirklich! Als Lolle einiges später mit ihrem Fahrrad das Restaurant erreichte, in dem sie Fred an seinem Geburtstag zufällig getroffen hatte, saß er wieder an demselben Tisch und stopfte sich voll.

Doch auch hier verlief das Gespräch nicht ganz nach Wunsch. Fred wollte nichts mehr von Lolle hören. Und schon gar nichts mehr wie: »Oh Fred! Du bist so ein toller

Mann! Du musst nur einmal mutig sein. Lass den wahren Fred raus ...«

»Aber das war alles richtig.« Lolles Verzweiflung wuchs, da sie nicht mehr wusste, wie sie noch an Fred rankommen sollte. »Vielleicht sind Frauen doch nicht so oberflächlich wie du denkst.«

»Ach«, Fred sah sie eindringlich an, »dann hättest du dich wohl auch in deinen Alex verliebt, wenn er so dick wäre wie ich?«

»Natürlich!«, erwiderte Lolle wie aus der Pistole geschossen.

Doch Fred hegte seine berechtigten Zweifel. »Noch vor gar nicht allzu langer Zeit war dir ja schon die Vorstellung, so jemanden wie mich zu küssen, widerlich«, erinnerte er Lolle. Und als sie ihn dann geküsst hatte, war es dunkel gewesen, und sie hatte nicht gewusst, dass er es war. »Im Hellen würdest du so was nicht tun. Ihr Frauen geht eben nur nach dem Äußeren.«

»Ich nicht!«, widersprach Lolle entschieden und zog Fred an seiner Designerkrawatte zu sich heran. Doch zwei Millimeter vor seinem Mund ließ sie verlegen ab. »Oder vielleicht doch.«

»Sag ich doch.« Verletzt wich er ihrem Blick aus.

»Tut mir Leid. Ich hab alles falsch gemacht, was?« Lolle schämte sich in Grund und Boden. »Aber das mit Christin, das stimmt wirklich. Sie wollte gleich noch mal bei mir vorbeikommen. Gib ihr doch wenigstens noch eine Chance ...«

Fred wusste nicht warum, aber irgendwie gewann er ein Stück Vertrauen zu Lolle zurück. Vielleicht war sie ihm ja doch eine richtige Freundin. Aber vielleicht war er auch nur der größte Idiot, der auf dieser Welt herumlief. In jedem Fall jedoch wollte er wissen, wie es weiterging, und deshalb fuhr er mit seinem Auto zu Lolles Wohnung, während sie ihm mit dem Fahrrad folgte.

Als Lolle schließlich eintraf und die Treppe hinaufstieg, hörte sie Alex, der sich im Hausflur gerade mit Fred unterhielt.

»Weißt du, ich glaube, die Menschen suchen sich Menschen aus, die genauso viele Punkte auf die Waage bringen wie sie selbst.«

Für Lolle war klar, dass Alex nun wieder mit seinem oberflächlichen Mist anfangen würde, aber seit dem missglückten Kuss im Restaurant musste sie zugeben, dass sie selbst nicht viel besser war. Und umso verblüffter war sie, als sie sich Alex Punktelehre zu Ende anhörte.

»Weißt du, Fred, Christin ist eine Zehn, während du nur eine Zwei bist, doch der springende Punkt ist, dass du in Christins Augen eine Zehn bist. Sie hat gesagt, du bist sicher und kompetent. Das sind zwei Punkte. Du bist verständnisvoll und klug. Noch mal zwei – da sind wir schon bei vier. Und dann hat sie gesagt, du bist ein Fels in der Brandung. Für so etwas gibt es sogar vier weitere Punkte. Mindestens. Zusammen mit den zwei Punkten fürs Aussehen macht das zehn.«

»Und damit bin ich die einzige oberflächliche Person in diesem Treppenhaus«, bemerkte Lolle zerknirscht, als sie die beiden erreicht hatte.

»Meinst du, dass ich eine Chance habe?« In Fred keimte offensichtlich so etwas wie Hoffnung auf, und er wartete gespannt auf Alex' Antwort.

»Ich weiß das«, meinte stattdessen Lolle. »Sie hat es mir gesagt.«

Alex lächelte Lolle an. »Jetzt werden die beiden sogar noch ein Paar wegen unserer dusseligen Wette ...«

»Was für eine Wette?«, fragte Fred fassungslos. Wie hatte er nur so dumm sein können und Lolle vertrauen? Warum sollte sie anders sein als alle anderen, die auf Kosten des fetten Freds ihre Späße trieben? So viel zum Thema Freundschaft!

Mit Tränen in den Augen polterte Fred die Treppe hinunter und würdigte Christin, die ihm gerade entgegenkam, keines einzigen Blickes.

Auch wenn es gefühllos wirkte: Sven musste sich eingestehen, dass er mit Natalie keine Beziehung wollte. Und das lag nicht an ihrer Größe, wenngleich, indirekt doch.

Natalie hatte ihn zur Mittagszeit im *Start up* abgeholt, und sie waren miteinander spazieren gegangen … um sich zu unterhalten. Und Natalie hatte über nichts anderes gesprochen als über ihre Größe … Größe … Größe. Über den Club der Langen, mit dem sie hier und dort gewesen war, über verschiedene Leute, die alle ein Gardemaß von mehr als zwei Metern hatten, und über das, was alles mit ihrer Größe einherging. Schließlich hatte sie Sven noch mit zu ihren Freunden genommen … und dort war er sich unter all den Hünen vorgekommen wie ein Hutzelmännchen.

Zugegeben, die Nacht mit Natalie war wirklich toll gewesen und er würde sie auch nie vergessen, aber damit, dass sie alles und jedes auf ihre Körpergröße bezog, konnte er sich einfach nicht abfinden. Er fand, sie machte es sich zu leicht, wenn sie alles Unangenehme, das im Leben passierte, stets darauf schob, dass sie ein paar Zentimeter größer war als der Durchschnitt.

Natalie war zunächst enttäuscht und verletzt gewesen, nachdem Sven ihr das gesagt hatte. Doch dann hatte sie dem Gespräch eine andere Wendung gegeben und war auf ihn losgegangen. »Weißt du was?«, hatte sie plötzlich gewettert, »du willst doch gar keine Beziehung! Ich musste doch alles tun. Dich verführen, die Gesprächsthemen finden, selbst an meinen Freunden hast du kein Interesse. Wenn du mich fragst, da stimmt doch irgendwas mit *dir* nicht. Aber das ist mir auch egal. Und weißt du auch, warum?« Sie hatte Sven von oben herab angesehen und selbstbewusst den Kopf in den Nacken geworfen. »Du bist viel zu klein für mich!«

Doch damit konnte Sven im Gegensatz zu Natalie ganz gut leben.

»Ich hab echten Mist gebaut. Aber wenn du sie jetzt für das bestrafst, was ich verbockt hab …«

Mit der sich sträubenden Christin im Schlepptau war Lolle wild entschlossen zur Agentur gefahren und hatte die Präsentation gestürmt. Egal, was Klotz oder die Kunden dachten: Sie hatte etwas wieder gutzumachen, das keinerlei Aufschub duldete.

Fred durchlebte beim Anblick der beiden, wie sie so in der Tür des Besprechungsraums standen, ein wahres Wechselbad der Gefühle: Er war stinksauer auf Lolle und verletzt, weil er sie für eine Freundin gehalten und sie sein Vertrauen missbraucht hatte. Er war peinlichst berührt, weil sich das alles vor den Augen der Kunden abspielte und sein Privatleben nun für alle einsehbar war wie ein offenes Buch. Er war aber auch erleichtert, die beiden zu sehen, denn eigentlich wünschte er sich eine Freundin wie Lolle. Und vor allem war er verliebt in Christin. Zudem hatte er von Klotz erfahren, dass sie am Vormittag gekündigt hatte, sodass Freds Bedenken, sie könne ihn als Karrieresprungbrett benutzen, nun völlig gegenstandslos waren.

Während die Kunden fasziniert verfolgten, was sich zwischen Fred und den zwei jungen Frauen abspielte, stand Klotz brodelnd vor Wut auf und knallte ihnen die Tür vor ihrer Nase zu. »Darüber unterhalten wir uns noch!«, meinte er drohend zu Fred, bevor er sie mit einem rabiaten Ruck ins Schloss zog.

Lolle und Christin traten daraufhin ebenso enttäuscht wie traurig den Rückzug an und gingen mit hängenden Köpfen den Flur entlang.

»Christin?«, hörten sie plötzlich Freds Stimme hinter sich, der nun in der Tür des Konferenzraums stand. »Hast du wirklich gekündigt?«

Christin blieb stehen und drehte sich langsam zu ihm um. »Ich dachte, so würdest du mir vielleicht glauben, dass ich mich wirklich in dich verliebt habe ...«

Klotz hatte nun endgültig genug von dieser rührseligen Gefühlsduselei und rief Fred aus dem Konferenzraum ins Meeting zurück. »Gucken Sie sich das Mädchen doch an!«, setzte er noch hinzu. »Die will sich ausgerechnet in Sie verknallt haben? Herrgott, seien Sie doch mal realistisch ...«

Fast wäre es Klotz gelungen, Fred von seiner pessimistischen Einstellung zu überzeugen, doch da schaltete sich Lolle ein. »Wenn du jetzt gehst«, warnte sie Fred, der noch immer unschlüssig auf der Schwelle stand, »wirst du vielleicht genauso wie er.«

Fred sah erst zu Klotz und dann an sich hinunter. Es war nicht sehr viel Selbstkritik nötig, um zu erkennen, dass er Klotz mit seinem dicken Bauch und der teueren, hässlichen Krawatte in der Tat ziemlich ähnlich sah.

»Herr Junghans!«, rief Klotz. »Es reicht. Entweder Sie kommen jetzt rein, oder Sie machen sich morgen auf die Suche nach einem neuen Job.«

Fred zögerte, denn die Entscheidung fiel ihm nicht leicht. All seine bisherigen Ziele und Werte standen nun auf dem Spiel. Aber da war auch etwas Neues, von dem er spürte, wie faszinierend es sein konnte.

»Tut mir Leid ...« Mit einem Seufzer wandte er sich an Klotz.

»Schon gut.« Sein Chef sah ihn ungeduldig wartend an. »Wir machen alle mal Fehler ...«

»Ich möchte denselben Fehler nur nicht zweimal machen«, sagte Fred leise. Mit einem knappen Nicken verabschiedete er sich von dem verdutzten Klotz und trat zu den beiden Mädchen auf den Flur. Sein Herz hüpfte vor Freude. Lolle war doch eine Freundin, und Christin vielleicht die Frau seines Lebens.

»Männer!« Lolle konnte sich einen letzten Kommentar gegenüber Klotz nicht verkneifen. »Nur eine Gehirnwindung mehr als ein Ochse, aber manchmal treffen sie doch tatsächlich die richtigen Entscheidungen ...«

Aber auch Lolle hatte die richtige Entscheidung getroffen. Mit Alex. Weil er ganz und gar nicht oberflächlich war und sie durch ihn lernte. Weil er ihr in den richtigen Augenblicken Stärke gab. Und weil er ein guter Verlierer war und unheimlich toll massieren konnte ...

Ex und hopp

»Und, wer ist diese geheimnisvolle Francesca?« Lolle konnte ihre Neugierde nicht länger unterdrücken als vom Comicladen bis zum S-Bahnhof. Irgendwie hatte Alex die Karte, die über den Comicladen an ihn adressiert war, in ihren Augen ein bisschen zu schnell in seiner Uni-Tasche verschwinden lassen. Und diese ominöse Francesca musste Alex ja auch ziemlich gut kennen, wenn sie wusste, dass er über kurz oder lang in den Laden kam.

Lennys bedeutungsschwangerer Gesichtsausdruck, als er Alex die Karte ausgehändigt hatte, war auch nicht gerade nach Lolles Geschmack gewesen. Und seine Bemerkung, dass Francesca ein Alpha-Weibchen sei, das heißt ein der Evolution ganz besonders gut gelungenes Exemplar, noch viel weniger.

»Eine alte Freundin«, erwiderte Alex kurz angebunden.

»Eine alte Exfreundin?« Hartnäckig ging Lolle der Sache auf den Grund.

»Okay, erwischt!« Alex setzte seinen treuesten Dackelblick auf und lächelte Lolle unschuldig an.

»Wieder eine der vielen Frauen, die du verlassen hast und die sich jetzt in Therapie befinden?«, witzelte Lolle, denn sie wollte ihn unbedingt dazu bewegen, ihr mehr von Francesca zu erzählen. Doch Alex ging nicht darauf ein und grinste nur.

»Und was war das so für eine?«, fragte Lolle unumwunden nach.

»Italienerin und Musikerin.«

Lolles Blick zeigte Alex, dass sie von dieser Information zwar beeindruckt, aber mit dem Umfang der Ausführung noch nicht zufrieden war.

»Sie war auf dem Konservatorium in Mailand, und jetzt hat sie eine eigene Band«, setzte er daher seufzend hinzu.

»Und wie lange lief das mit euch? Zwei Wochen oder drei?«

»Zwei Jahre.«

»Zwei Jahre?!« Jetzt war Lolle platt. »Du hast mir nie von ihr erzählt.

»Ich wollte dich nicht langweilen«, erwiderte Alex charmant.

»Oh, das langweilt mich ganz und gar nicht ...«

Alex sah Lolle einen Moment lang mit unbewegter Miene an. »Aber mich«, entgegnete er schließlich.

»Zum letzten Mal, mir fehlt nichts!« Genervt versuchte Sarah, sich aus Harts Griff zu befreien.

Aber der zerrte sie unnachgiebig weiter durch den Flur zur Wohnungstür. »Doch!« Hart duldete keine Widerrede. »Du bist aufs Steißbein gefallen! Du musst geröntgt werden!«

Als Kind hatte Hart beim Bockspringen einmal schmerzlich feststellen müssen, dass seine Beine für Übungen wie diese einfach noch zu kurz waren. Daher kannte er sich in Sachen Steißbein aus und wusste, dass mit einer solchen Verletzung nicht zu spaßen war und dass sie spätestens am nächsten Tag richtig übel wehtat. »Und darum gehen wir jetzt zum Arzt!«, entschied er über Sarahs Kopf hinweg.

»Wenn ich jedes Mal geröntgt werden würde, wenn ich hinfalle, dann lohnte sich dafür schon 'ne Jahreskarte.« Sarah war wie gewohnt trotzig. Es war wohl doch keine so gute Idee gewesen, einen Stuhl auf den Küchentisch zu stellen, um an die Deckenlampe heranzukommen. Und dann beim Glühbirnenwechsel wie eine Artistin des chinesischen Staatszirkus darauf herumzuturnen. So sehr sie sich auch bemühte, sie konnte nicht verbergen, dass sie seit dem Sturz Schmerzen hatte und in ihrer Bewegungsfähigkeit ziemlich eingeschränkt war. »Wegen Typen wie dir explodieren die Kosten im Gesundheitswesen«, maulte sie, während sie mit Hart die Wohnung verließ.

Nein, ich denke jetzt nicht an Francesca!, verbot sich Lolle jede störende Grübelei und versuchte, sich auf Alex zu konzentrieren, der neben ihr im Bett lag und zärtlich an ihrem Ohrläppchen knabberte. Kein bisschen ... Sie schmiegte sich an ihn, und seine Lippen wanderten zu den ihren. Ob sie so wie ich ist, fragte sie sich? Oder ganz anders? Viel toller vielleicht?

Alex wurde immer leidenschaftlicher, und Lolle runzelte die Stirn. Ich denk nicht dran!

»Francesca aus Florenz« klingt allerdings irgendwie toller als »Lolle aus Malente«, überlegte sie. Und vielleicht denkt Alex das ja auch gerade ...

Alex bemerkte, dass Lolle nicht ganz bei der Sache war und stutzte. Ertappt lächelte sie ihn an. Okay, befahl sie sich, ich vergesse sie einfach!

Doch es wollte ihr nicht gelingen. Stunden später, als Alex schon längst schlief, lag sie noch immer wach und dachte an diese ominöse Francesca. Ihr Blick wanderte durch das finstere Zimmer und blieb am Spiegel hängen.

»Spieglein, Spieglein an der Wand ...«

Zu ihrem Erstaunen stieg weißer Nebel im Spiegel auf, und eine ihr fremde Stimme antwortete mit »Ja?«. Sie gehörte zu einem alten, weise wirkenden Mann, der sich durch die Schwaden hindurch immer deutlicher abzeichnete. »Was schaut Ihr so erstaunt? Ihr habt mich gerufen.«

Lolle sah zu Alex hinüber, der seelenruhig weiterschlief.

»Nur die Prinzessin kann mich hören und sehen«, sagte der alte Spiegelgeist. »Sonst niemand.«

»Prinzessin ...« Lolle lächelte versonnen.

»Was wolltet Ihr fragen?«

»Wer, äh, wer ist die Schönste im Alex-Land?«, stotterte Lolle verunsichert.

»Frau Lolle, Ihr seid die Schönste hier ...«

Das gefiel Lolle.

»... aber Francesca über den sieben Bergen, bei den sieben Musikern, ist tausendmal schöner als ihr.«

Das wiederum gefiel Lolle überhaupt nicht. »Ach, was weißt du denn schon?«, fauchte sie den Spiegel an, und das Gesicht verschwand.

Lolles Stimmung war nicht gerade die beste, als sie am Morgen in die Küche schlurfte. Alex war bereits zur Uni gefahren und hatte ihr – auf ihr Vorwärtskommen bedacht – die Mitschrift der Typographie-Vorlesung dagelassen.

Doch wenn sie ehrlich war, hätte sie sich von ihrem Freund lieber eine andere Aufmerksamkeit gewünscht. Aber was die Hochschule anging, war Alex im Vergleich zu ihr nun mal ein Streber. Doch das war auch schon der einzige kleine Makel, den Lolle an ihm entdecken konnte.

Hart war bereits beim Bäcker gewesen und hielt Sarah nun die Tüte mit den herrlich duftenden Brötchen unter die Nase. »Komm, iss was«, drängte er sie. »Sonst schlägt dir das Schmerzmittel auf den Magen.«

»Schmerzmittel?« Lolle hatte von Sarahs Unfall nichts mitbekommen.

»Das hat ihr der Arzt verschrieben –«

»Das hat er mir nicht verschrieben«, unterbrach Sarah Hart gereizt, »das hab ich nur bekommen, weil der da eine Viertelstunde drum gebettelt hat.«

»Ich weiß, wie das wehtut«, übernahm nun wieder Hart und erzählte Lolle, dass Sarah sich das Steißbein angebrochen hatte. Dann wandte er sich wieder der Patientin zu. »Und du musst jetzt wieder die Salbe auftragen.« Er griff nach einer Tube und gleich darauf nach Sarah, um sie herumzudrehen. »Bücken ...«

»Das mach ich doch lieber selbst.« Blitzschnell machte Sarah sich los und stellte sich mit ihrem Hinterteil an die Küchenzeile, wie um es in Sicherheit zu bringen.

»Na gut.« Hart gab sich einsichtig. »Ich sehe dann später noch mal nach dir«, verabschiedete er sich und ließ Sarah mit Lolle allein. Inständig hoffte Sarah, dass die Betonung dabei auf später lag.

Lolle setzte sich mit dem Vorlesungsskript an den Tisch

und blätterte darin herum. Dabei fiel etwas aus dem Schnellhefter und purzelte zu Boden.

»Die Karte!« Lolle hob sie schnell auf. »Von Alex' Exfreundin.«

»Ich dachte, der hätte nur Ex-Affären?« Auch Sarah wollte sich setzen, zuckte aber bei der Berührung mit der Stuhlfläche vor Schmerz zusammen und blieb stehen.

»Die waren zwei Jahre lang zusammen!«, rief Lolle, erbost darüber, dass Alex ihr nichts davon erzählt hatte. »Und jetzt lädt sie ihn zu einem öffentlichen Termin ihrer Band ein.« Sie schwenkte die Postkarte in der Luft. »Adresse vom Probenraum, die Uhrzeit, alles hier drauf!«

Stirnrunzelnd sah Sarah Lolle an und wusste sofort, was in deren Kopf vorging. »Keine gute Idee«, sagte sie schließlich, ohne dass Lolle näher auf einen etwaigen Plan hätte eingehen müssen.

»So was Beklopptes würde ich nie machen!« Lolle war verärgert, denn sie hatte tatsächlich mit dem Gedanken gespielt, zu dem Termin zu gehen und sich die Ex heimlich anzusehen.

»Nein, natürlich nicht.« Sarah nahm ihr kein Wort ab. »Hör zu: Ex ist Ex, und vorbei ist vorbei.«

»Vorbei ist vorbei?« Lolle überlegte: War das wirklich so? Und wenn es zwischen Francesca und Alex eher so war wie zwischen Sven und ihr? Wo ab und an die Luft noch knisterte und die Funken bei der kleinsten Berührung sprühten? Wer konnte das schon wissen!

Lolle nahm sich fest vor, in die Uni zu fahren und den Bandtermin zu ignorieren. Ich bin doch gar nicht interessiert an dieser Francesca, dachte sie auf dem Weg zum S-Bahnhof. Und ich bin auch nicht nervös oder so. Nö, ich doch nicht. Das hab ich doch gar nicht nötig. Und darum steig ich jetzt auch in die S-Bahn, fahre zur HDK und gebe Alex die Postkarte zurück ...

Die S-Bahn fuhr von dannen ... und Lolle stand noch immer auf dem Bahngleis ... und wenig später auch schon vor dem Haus, dessen Adresse auf der Karte stand. Als sie in den Probenraum trat, starrte sie fassungslos auf eine Riesenschlange von aufgetakelten Frauen. Sie sah Outfits in den verschiedensten Stilrichtungen und den schillerndsten Farben. Und alle Anwesenden waren eifrig mit sich selbst beschäftigt – sangen entweder Zeilen von einem Notenblatt ab oder besserten ihr Make-up auf.

»Äh«, Lolle wandte sich an ein Mädchen, das am Ende der Schlange stand und einer Shakira für Arme glich, »was ist denn das hier?«

»Da Bändmänädscha suucht noch eene neue zweete Sängerin.« In breitestem Sächsisch erhielt Lolle darüber Auskunft, dass die letzte zweite Sängerin wegen eines besseren Angebots abgesprungen war. Aber in den Glamoden, was wohl »Klamotten« bedeuten sollte, so erfuhr sie, habe Lolle sowieso keine Chance … und gegen die blondierte Sächsin schon gar nicht.

Am anderen Ende der Schlange bemühte sich gerade eine recht üppige und schon relativ betagte Opernsängerin mit beeindruckender Oberweite um die Gunst des Bandmanagers. Aber weder ihre gewaltige Stimme noch ihr tiefes Dekolleté fanden seinen Gefallen.

»Wir suchen etwas anderes, Moderneres …«, formulierte er vorsichtig die Abfuhr.

»Modern? Das kann ich auch!« Die Arien-Diva wollte gleich wieder loslegen und so sah sich der Bandmanager gezwungen, es ihr deutlicher zu sagen.

»Ich meinte eigentlich ›jünger‹. Ein hübsches junges Mädchen …« Seine Augen wanderten die schier endlose Reihe der Bewerberinnen entlang und leuchteten mit einem Mal auf. »So was wie die da!« Freudestrahlend zeigte der Mann auf Lolle. Er ging auf sie zu und schleppte sie an der Schlange vorbei nach vorne. »Francesca, ich glaube, ich hab da jemanden«, rief er währenddessen in den anderen Raum hinüber.

Lolle wusste nicht, wie ihr geschah, und musste sich von den anderen Kandidatinnen bitterböse begaffen lassen.

Ganz ruhig, Lolle, beschwor sie sich. Ihre Sorge galt aber nur einer einzigen Frau, und sie versuchte, sich Mut zu machen. Francesca ist bestimmt ganz durchschnittlich, ganz normal ... irgendeine graue Maus ... Doch mit dieser Hoffnung lag Lolle kilometerweit daneben.

Francesca war eine beeindruckende Erscheinung, ein absolutes Wahnsinnsweib: mit wilden dunklen Locken, einem faszinierend schönen Gesicht, hinreißend weiblichen Formen und einer charismatischen Ausstrahlung. Lolle fühlte sich neben ihr wie ein kleines Gaga-Mäuschen. Wäre ich bloß in die S-Bahn gestiegen ... Starr vor Schreck ließ sie sich vom Bandmanager vors Mikrofon schieben.

»Du setzt dann hier ein, okay?« Francesca drückte ihr ein Notenblatt in die Hand und deutete auf eine bestimmte Stelle. Dabei lächelte sie Lolle, die nur paralysiert nicken konnte, aufmunternd an.

Francesca zählte den Song für die Band an und begann dann, mit ihrer kräftigen, geschulten Stimme zu singen.

Lolles Einsatz dagegen war nur ein schwaches Krächzen.

»Das kann passieren«, sagte Francesca milde lächelnd und gab Lolle eine zweite Chance.

Doch Lolles Stimme blieb ein armseliges Piepsen und so ließ Francesca nach einer halben Strophe abbrechen. »Tut mir Leid, aber so wird das nichts.«

Lolle nickte stumm und ging von der Bühne.

»Aber du hast doch noch gar nicht richtig zugehört«, rief da der Bandmanager und trat auf Francesca zu. »Das Mädchen hat Potenzial!«

Lolle hielt inne und hörte zu. Die beiden hatten ihr den Rücken zugewandt und diskutierten heftig weiter.

Francesca war der Meinung, dass sie eine Stimme bräuchten, dass Lolle aber keine hätte ... Und der Bandmanager meinte, dass sie auch einen Look bräuchten und Lolle einfach süß aussehen würde. Das mit der Stimme würde sich digital schon irgendwie regeln lassen ... Francesca wiederum sah das anders: Für sie würde Lolle selbst mit dem größten digitalen Aufwand noch immer klingen wie eine Maus mit Asthma.

»Bitte, Francesca!«, begehrte der Bandmanager auf. »Sieh sie dir doch bloß mal an! Jung, süß – genau das, was der Plattenboss morgen sehen will. Mein Gott!«, er verlieh seinen Worten noch mehr Nachdruck: »Es geht um einen Plattenvertrag!«

»Jung, süß und keine Stimme.« Francesca ließ nicht mit sich verhandeln. »Nee, Bernd, sie kann einfach nichts!«

Spätestens jetzt hatte Lolle genug gehört. Kochend vor Zorn warf sie ihre Jacke zu Boden, stapfte auf die Bühne zurück und stellte sich vors Mikrofon. Ohne Band, dafür aber mit Schmackes, sang sie ihren Part von eben noch einmal. Dann schnappte sie sich wieder ihre Jacke und rauschte Richtung Ausgang davon. »Die Maus mit dem Asthma ist dann mal weg. Schönen Tag noch.«

Francesca, der Bandmanager und die Jungs von der Band sahen Lolle sprachlos nach.

»Hey, nichts für ungut.« Francesca setzte ihr nach, um sie aufzuhalten. »Ich nehme alles zurück. Wir wollen dich! Tut mir Leid wegen eben.« Sie lächelte Lolle gewinnend an.

»Wie schön für euch«, entgegnete Lolle und wollte weiter.

»Bitte bleib«, rief Francesca nun fast flehend. »Der Auftritt ist superwichtig für uns. Es geht um unseren ersten großen Plattenvertrag. Und mit dir könnten wir es schaffen.«

Fünf Leute, die bereit waren, ihre Zukunft in Lolles Hände zu legen, warteten gespannt auf eine Reaktion: Francesca, der Bandmanager und die Musiker hielten den Atem an.

Mach's nicht!, rief eine warnende Stimme in ihrem Kopf. Mach's nicht! ... Aber wie immer fiel es ihr schwer, auf sich selbst zu hören ... Und so wurde Lolle zum Bandmitglied und würde fortan Seite an Seite mit der Ex ihres Freundes auf der Bühne stehen, mit dem sie ja auch noch eine Verabredung hatte, die sie gerade im Begriff war zu verpassen.

»Ich muss zu meinem ... ich meine, zur Uni ...«, sagte

Lolle. Doch Francesca ließ sie erst gehen, nachdem sie versprochen hatte, sich am Abend mit ihr zum Essen zu treffen. »Ich finde, wir sollten uns besser kennen lernen. Um acht Uhr im *Primavera*!«

»Was meinen Männer, wenn sie ›weiß nicht‹ sagen?« Lolle hoffte auf Sarahs Lebenserfahrung.

»Eine schwierige Frage.« Sarah wirkte, als würde sie angestrengt nachdenken. Das fiel ihr schwer, denn seit dem Morgen war ihr Zustand keineswegs besser geworden und sie verzog bei jeder Bewegung schmerzlich das Gesicht. »Vielleicht ... dass sie es nicht wissen?«

»Selten so gelacht.« Lolle hatte keine Lust auf platte Scherze und Oberflächlichkeit. Schließlich ging es um ihre Beziehung mit Alex.

Lolle war gerade noch rechtzeitig – und wie so oft atemlos – an der Uni eingetrudelt, um dort Alex wie vereinbart zu treffen. Natürlich hatte sie ihm nicht gesagt, wo sie gewesen war. Aber sie hatte ihm die Postkarte von Francesca wiedergegeben und ihn gefragt, ob er vorhatte, sich bei ihr zu melden. Und Alex hatte »Weiß nicht« gesagt. Völlig falsche Antwort! Die richtige hätte selbstverständlich gelautet: »Nein, ich treffe sie nicht, weil ich kein Interesse mehr an ihr habe und nur dich liebe.«

Sarah fand Lolles Verhalten bedenklich. »Wenn du schon darüber nachgrübelst, was Männer meinen könnten, wenn sie ›weiß nicht‹ sagen, dann ist das der erste Schritt in Richtung Irrsinn.«

»Ich muss aber wissen, was in ihm vorgeht.« Lolle ließ sich nicht überzeugen.

»Dann frag ihn doch einfach«, schlug Sarah vor.

»Wie denn?« Lolle wusste, dass das unmöglich war. Oder sollte sie vielleicht zu Alex gehen und sagen: »Na, wen findest du besser – mich oder die Frau mit den Superlocken und der Figur von Jennifer Lopez?«

»Ach, scheiße ...« Lolle wusste, sie hatte sich verraten, und Sarah war das sofort aufgefallen.

»Du warst auf der Bandprobe!«, rief diese dann auch entsetzt aus. Denn woher hätte Lolle sonst wissen können, wie Francesca aussah.

»Schlimmer.« Beklommen sah Lolle zu Boden. »Ich bin in der Band.«

»Ja, klar.« Sarah glaubte ihr kein Wort. »Und morgen hast du mit denen deinen ersten Auftritt ...«

»Stimmt. Morgen um acht.« Lolle nickte schuldbewusst. »Ein Vorsingen vor 'nem Plattenboss.«

»Sarah!« In diesem Moment polterte Hart mit einer riesigen Tüte in die Küche, die bis obenhin gefüllt war mit Aluschalen und Styroporbechern. »Wir blasen zum Gegenangriff! Superscharfes Essen Marke Tuhan. Wenn du das drin hast, dann brennt dir der Rachen dermaßen, dass du dein Steißbein nicht mehr spürst.« Er packte die Tüte eifrig aus und stellte die Sachen auf den Tisch.

»Ich hab keinen Hunger«, knurrte Sarah.

»Dann isst du's eben später.« Hart ignorierte ihre etwas unwirsche Art und war schon fast wieder aus der Tür. »Ich muss was Dringendes erledigen.«

»Das nächste Mal leg ich mir eine Verletzung zu, mit der er sich weniger identifizieren kann«, seufzte Sarah.

Lolle konnte ihre abwehrende Haltung nicht ganz nachvollziehen. »Lass dir doch mal was Gutes tun, wenn du krank bist.«

»Ich bin nicht krank!« Sarah wurde richtig wütend. Doch dann beruhigte sie sich wieder und deutete auf das Essen. »Hier, kannst du haben.«

»Ähm ... nein, danke.« Verlegen schüttelte Lolle den Kopf. »Ich geh nachher mit Francesca essen.«

»Damit du herausfinden kannst, ob sie noch was von ihm will.« Für Sarah war es wie immer ein Leichtes, die Freundin zu durchschauen.

»Ja ...« Lolle nickte. »Was trägt man denn bei so einer Gelegenheit?«

Sarah zog die Augenbrauen hoch. »Einen Strick um den Hals«, erwiderte sie trocken.

Sobald Lolle in ihrem Zimmer verschwunden war, öffnete Sarah eine der Pappschachteln mit dem asiatischen Essen. Doch der Schmerz war stärker als ihr Appetit, und sie klappte den Deckel wieder zu.

Francesca war bereits da, als Lolle ins Restaurant kam, und winkte ihr freundlich zu.

Ich bin ruhig, ich bin entspannt, ich bin souverän ... Lolle steuerte auf den Tisch zu und lächelte dabei so selbstbewusst wie es ihr in diesem Moment möglich war. Als sie ihr Ziel fast erreicht hatte, prallte sie jedoch mit einem Kellner zusammen, dem scheppernd eine Suppenschüssel auf den Boden fiel, und ihr damenhafter Auftritt war im Eimer. »Sorry«, murmelte sie und bückte sich, um dem Kellner beim Aufsammeln der Scherben zu helfen.

»Hallo, Lolle.« Das war Francescas Stimme, und Lolle blickte zu ihr hoch.

Francesca sah einfach umwerfend aus. Sie trug ein tolles Kleid mit einem verführerischen Ausschnitt, ... und Lolle fühlte sich in ihren Alltagsklamotten plötzlich wie ein hässliches Entlein. Leger und sportlich!, schimpfte sie in sich hinein und verfluchte den Zauberspiegel, der ihr zu diesem Outfit geraten hatte. Na warte, du mieser Kerl, du bist bald Sperrmüll!

Weshalb hatte sie nur auf ihn gehört und sich nicht doch für ein schickes, figurbetontes Outfit entschieden? Nur weil der Spiegel gesagt hatte, Francesca sei tausend Mal schöner? Lolle war schon klar, dass sie nicht aussah wie Francesca. Aber sie sah gut aus, und das wusste sie auch. Zumindest hatte sie es gewusst, bis der Spiegel angefangen hatte, ihr etwas anderes einzureden. »Und bloß nicht krampfhaft aufmotzen«, hatte er ihr empfohlen. »Leger und sportlich ist nie verkehrt ... zumindest für Frauen, die nicht so viel hermachen wie Francesca ...«

»Bist du etwa nervös?« Francesca spielte auf Lolles Karambolage mit dem Kellner an. »Ich auch. Vor jedem

Auftritt«, gestand sie, als Lolle sich zu ihr setzte. »Du musst aber nicht nervös sein. Du bist echt gut.«

Wider Willen musste Lolle lächeln. Sie ist blöd! Mann, ist die blöd!, versuchte sie sich krampfhaft einzureden.

»Ein echter Glücksgriff...«, fuhr Francesca mit ihrem Urteil über Lolle fort.

Sie ist blöd!

»... und ich fände es schön, wenn wir beide Freundinnen werden könnten.«

Sie ist ... Lolle sah in Francescas aufrichtig lächelndes Gesicht. Sie ist nett, musste sie resignierend feststellen.

»Hey ...«, Sven grinste Hart augenzwinkernd an, »du stehst auf Sarah!« Er betrachtete den Gabentisch, den Hart für sie in der Küche aufgebaut hatte.

»Du spinnst ja!«, gab Hart zurück. Eine Spur zu schnell und zu heftig, um überzeugend zu wirken, wie Sven fand. »Meine Fürsorge ist rein medizinisch.«

Sven grinste noch breiter. Klar, nur deshalb hatte Hart einige Videos, einen aufblasbaren Sitzring und ein T-Shirt mit einem Monster aus einem Zombie-Film für Sarah auf dem Küchentisch arrangiert ...

Doch Hart wusste das alles zu erklären: Mit dem T-Shirt wollte er den Sitzring überziehen, damit das Ding nicht so blöd aussah, und die Splatter-Videos hatte er ausgesucht, da er, Hart, nichts Entspannenderes kannte als ein schönes Massaker.

Sven war schon jetzt gespannt, ob Hart damit auch Sarahs Geschmack getroffen hatte. Aber zumindest wusste er, dass es für Hart – auch wenn er es nicht zugab – sehr wichtig war, dass Sarah seine Aufmerksamkeiten gefielen.

»Sie kommt!« Hart hatte gehört, dass die Eingangstür aufgegangen war, und wirkte nun richtig aufgeregt.

»... rein medizinisch!« Sven schmunzelte gutmütig.

Hart knuffte ihn in die Seite, damit er still war, und wartete gespannt darauf, dass Sarah in die Küche kam. »Na? Was sagst du jetzt?«, wollte er wissen, nachdem sie den

Gabentisch entdeckt hatte. »Sitzring, Schmerzmittel, Splatter-Filme zum Entspannen ... und damit kannst du den Sitzring beziehen.« Freudig hielt er ihr das T-Shirt entgegen. »Und? Wie findest du das?«

»Zum Kotzen!«, donnerte Sarah ihn an, dass Hart vor Schreck zusammenzuckte. Es war für sie schon schlimm genug gewesen, dass ihr die Apothekerin gerade gesagt hatte, ihr netter Mann hätte den aufblasbaren Sitzring bereits abgeholt. Und nun auch noch das! »Ich will deine Hilfe nicht, kapier das endlich!«, brüllte sie und knalle die Tür hinter sich zu.

Wie vom Donner gerührt stand Hart in der Küche und verstand die Welt nicht mehr.

»Wohnst du eigentlich in Berlin?« Während des Essens begann Lolle vorsichtig, Francesca auszufragen.

»Nein, ich hab seit drei Jahren eine Wohnung in Mailand.«

»Schön!« Lolle mäßigte sofort ihre nicht zu überhörende Freude und räusperte sich. »Ich meine, Mailand ist sicherlich schön.«

»Ich bin ohnehin ständig mit der Band unterwegs«, erzählte Francesca. »Aber ich überlege, ob ich nicht nach Berlin zurückkommen soll. Ist echt 'ne tolle Stadt. Super viel los, musikmäßig und auch sonst ...«

»Nee«, meinte Lolle sofort. »Das war vielleicht früher mal so. Aber Berlin ist ätzend. Superlangweilig, musikmäßig und auch sonst!«

»Meinst du?« Francesca war überrascht. »Na ja, im Grunde geht es bei dieser Entscheidung auch gar nicht so um die Musik«, gab sie zu. »Es geht dabei vor allem um einen Mann.« Plötzlich wirkte sie verschämt wie ein Teenager.

Lolles Herz sank. Ganz schlecht! Das hatte sie nun am allerwenigsten hören wollen. »Man sollte nie wegen eines Mannes nach Berlin kommen!«, sagte sie daher schnell.

Francesca sah sie fragend an.

»Ich wollte mir in Berlin auch mal meinen Exfreund wiederholen. Hat aber nicht geklappt«, erklärte Lolle eilfertig.

»Woher weißt du, dass es um meinen Exfreund geht?«

»Äh ... Kam mir so vor ... irgendwie ...«

»Da sieht man, dass wir auf einer Wellenlänge liegen«, freute sich Francesca. »Würde mich nicht wundern, wenn wir auch noch den gleichen Männergeschmack hätten. Und ja, es geht wirklich um meinen Ex ... ich hab ihn verlassen.«

Ha! Lolle hörte im Geiste Alex' Stimme. Von wegen »Bisher hab ich noch jede verlassen«, dachte sie verbittert.

»Und ich will ihn wiederhaben«, fuhr Francesca zu Lolles Entsetzen fort. »Ich hab früher immer nur an meine Musik gedacht. Aber jetzt glaube ich, dass es die falsche Entscheidung war.«

»Nein!«, wandte Lolle übertrieben laut und entschieden ein. »Musik ist wichtiger als irgendwelche Kerle.«

»Meinst du?«

»Ja!«, beteuerte Lolle energisch. »Und außerdem: So aufgewärmte Sachen, die bringen's doch irgendwie nie!«

Francesca sah für einen Moment nachdenklich in ihr Glas. »Vielleicht hast du Recht ...«

»Das hab ich«, erwiderte Lolle froh, doch sie hatte sich zu früh gefreut. Zu ihrem Entsetzen erfuhr sie, dass Francesca ihren Exfreund bereits angerufen hatte. »Ich hab endlich seine Nummer rausgefunden über einen alten Freund namens Lenny ...«

... den ich umbringen werde, schwor sich Lolle im Geiste.

»... und weißt du was? Mein Ex kommt gleich!«

»Hierher?!« Lolle hätte sich um ein Haar verschluckt.

»Ja, sorry. Anders hab ich das mit den ganzen Terminen nicht auf die Reihe bekommen. Ich wollte dich daher bitten, dass wir noch 'ne Stunde zusammensitzen und ich ab dann mit ihm allein sein kann. Sei bitte nicht sauer auf mich.«

Wenn Lolle auf jemanden sauer war, dann gewiss nicht auf Francesca. Das konnte doch wohl alles nicht wahr sein! Wie konnte Alex ihr das antun? Sich hinter ihrem Rücken mit Francesca zu treffen ... Lolles Blick wanderte zum Eingang und blieb an Alex hängen, der gerade hereingekommen war und nun dem Ober seine Jacke gab. Er sah auffallend chic aus, und Lolle erkannte an seiner Kleidung, dass ihm das Date wohl wichtig war.

»Und? Sehe ich gut aus?« Francesca hatte Alex nun auch entdeckt und strich nervös ihr Kleid zurecht.

»Viel zu gut.« Wie versteinert sah Lolle noch immer zur Tür. Doch als Alex sich in ihre Richtung drehte, löste sie sich aus ihrer Erstarrung und verschwand blitzschnell unterm Tisch.

»Was ist denn mit dir?« Verwundert beugte sich Francesca zu ihr hinunter.

»Ich ... ich hab meine Kontaktlinse verloren«, log Lolle in Panik. »Wo ist sie? Wo ist sie?« Hektisch tastete sie auf dem Boden herum. »Sie ist weg! Ich muss nach Hause! Tschüss!« Und schon krabbelte sie auf allen Vieren hektisch unter den Tischen hindurch, die in einer Reihe nebeneinander standen.

»Hallo, Francesca«, hörte Lolle Alex' Stimme und legte im Schutz der langen Tischdecken eine Pause ein. Sie sah, wie Alex sich setzte und wie Francesca ihre schön geformten Beine in seine Richtung ausstreckte. Gebannt wartete Lolle, ob Alex seinerseits versuchen würde, Francesca mit seinen Beinen zu berühren. Doch bevor Lolle verfolgen konnte, wie es zwischen den beiden weiterging, wurde sie von einem weiblichen Gast im Minirock unter dem Tisch vertrieben. »Es verunsichert mich, wenn mir jemand unterm Tisch aufs Höschen starrt«, meinte die Frau und drohte damit, den Kellner zu rufen.

Lolle entschied, dass es unter diesen Umständen wohl besser war, das Restaurant auf schnellstem Wege und ohne weiteres Aufsehen zu verlassen.

»Scheiße! Scheiße! Scheiße!« Zu Hause angekommen, tigerte Lolle ratlos in ihrem Zimmer auf und ab. »Mein Freund und seine Ex! Und sie hat einen Ausschnitt zum Schiffeversenken!« Unvermittelt blieb sie stehen und drehte sich zur Wand. »Jetzt sag doch auch mal was, du blöder Spiegel!«

Sofort stiegen Nebelschwaden auf, und das Gesicht des alten Mannes erschien. »Also ich«, begann der Spiegel, »würde zurück ins Restaurant gehen und eine Riesenszene machen.«

»Genau!« Lolle wollte schon los, als ihr einfiel, dass der Zauberspiegel ihr schon einmal einen miesen Rat gegeben hatte, und hielt abrupt inne. »Den Teufel werd ich tun!«

»Tja, wenn du alles besser weißt ...«, murrte der Spiegel eingeschnappt.

Francesca will ihn wiederhaben, okay. Aber das heißt nicht, dass Alex das auch will, überlegte Lolle und wurde wieder ein wenig ruhiger. Aber die Entspannungspause war nicht von langer Dauer. Francesca kriegt bestimmt alles, was sie will, argwöhnte Lolle. Sie ist so zielstrebig, so ehrgeizig, so konsequent ...

»Und sie ist tausend Mal schöner als Ihr«, ließ sich da der Spiegel vernehmen. Als Lolle zu einem Tritt in seine Richtung ansetzen wollte, erstarb das liebliche Lächeln des alten Mannes. »Nein!«, schrie er erschrocken. »Scherben bringen Unglück.«

»Okay.« Verstimmt ließ Lolle von ihm ab. »Wahrscheinlich hat er ihr erzählt, dass er eine Freundin hat, und sie geben sich gerade zum Abschied die Hand.«

»Entweder das«, meinte der Zauberspiegel, »oder sie wälzen sich gerade im Bett.«

»Wollen wir wetten?«, rief Lolle kampfeslustig. »Morgen in der Bahn erzählt er mir alles und die Sache ist erledigt.«

»Topp, die Wette gilt!« Der Spiegel war sich seiner Sache sehr sicher.

Wie sich am nächsten Morgen herausstellte, hatte sich der Spiegel nicht geirrt.

Alex benahm sich, als sei überhaupt nichts gewesen. Allerdings wirkte er etwas abwesend, und als Lolle ihn fragte, was er denn gestern Abend so gemacht hätte, zuckte er leicht zusammen. »Nichts Besonderes. Bisschen ferngesehen«, log er. Von Francesca kein Wort. »Und du?«

»Auch nichts Besonderes.« Lolle überlegte, ob sie sich nun vergiften, aufhängen oder erschießen sollte. Doch dann gab sie sich einen Ruck und ging die Sache fest entschlossen nochmals an. »Alex, wir müssen mal reden«, forderte sie ihn auf.

Alex' undurchdringlicher Gesichtsausdruck brachte Lolle ins Wanken, und sie brach entmutigt wieder ab.

»Ich muss dringend nach Hause. Hab was vergessen.« Sie machte kehrt, und ließ Alex allein zur Uni fahren.

»Er lügt mich an. Mein Freund lügt mich an«, beschwerte sich Lolle daheim wütend und traurig zugleich bei dem Zauberspiegel.

»Du hast mit dem Lügen angefangen.« Der alte Mann zeigte kein Verständnis.

»Das ist doch wohl –«, wollte sie sich ereifern, aber der Spiegel schnitt ihr das Wort ab. »... eine Tatsache, liebe Prinzessin.«

»Darum geht es nicht«, wechselte Lolle das Thema, denn auf die Wahrheit konnte Lolle im Moment gut verzichten. »Es geht um den Prinzen. Mich soll er lieben, nicht Francesca.«

»Dann geh zu ihm und stell ihn zur Rede.« Der Spiegel redete inzwischen schon wie Sarah.

»Aber dann kommt raus, dass ich Francesca nachspioniert habe«, gab Lolle zu bedenken.

»Wird auch Zeit.«

Lolle überhörte diesen Einwurf. »Aber ...«, ihr Hang zur Romantik machte sie nachdenklich, »muss nicht er zu mir kommen? Ich meine wachküssen und so ...«

»Wachküssen?!« Der Zauberspiegel verlor allmählich die

Geduld. »Du meine Güte, wo sind wir hier? Im Mittelalter oder im dritten Jahrtausend?«

»Ja, ja«, besänftigte ihn Lolle und wandte sich zum Gehen. Doch an der Tür blieb sie stehen. »Und noch mal danke, dass du nicht gesagt hast: Ätsch, gewonnen!«

»Keine Ursache!« Der Spiegel gab sich würdevoll ... aber nur bis Lolle aus dem Raum war. »Ätsch, gewonnen!«, rief er hinter ihr her.

Lolle musste nicht weit gehen, um Alex zu treffen. Und sie musste auch nicht groß taktieren, um ihn zum Reden zu bringen. »Ich muss dir was sagen«, kam er sogleich zur Sache. »Ich hab mich gestern mit Francesca getroffen.«

»Mann«, Lolle fiel ein Stein vom Herzen, »bin ich froh, dass du mir das beichtest.«

»Ja?« Alex war etwas verwundert.

»Ja«, bestätigte sie mit einem Lächeln, »das zeigt mir, dass sie dir nichts bedeutet.

Alex erwiderte nichts, und sein Schweigen löste bei Lolle Rotalarm aus. Prüfend sah sie ihm in die Augen.

»Ich ... ich hab sie geküsst«, gab er mit schlechtem Gewissen zu.

»Was?!« Lolle fiel aus allen Wolken.

»Ich weiß nicht, was in mich gefahren ist, aber ich fühle noch was für sie und ...« Hilflos blickte er Lolle an.

Doch Lolle hatte genug gehört. Fassungslos rannte sie davon.

»Verdammt!« Sarah versuchte, in ihrer Fotoecke einen Passepartout auszuwechseln, aber mit ihren Schmerzen und ihrer eingeschränkten Bewegungsfähigkeit schaffte sie es einfach nicht. Immer wieder rutschte der Papierhintergrund zu Boden. Sie wollte gerade wütend gegen das Teil treten, als Hart zu ihr ins Zimmer kam.

»Besuch für dich!«

Hinter ihm trat ein pubertierender Halbwüchsiger ins Zimmer, der sich hinter einer dunklen Sonnenbrille und unter einer auffälligen Wollmütze versteckte, sein Outfit aber offensichtlich für megacool hielt. Betont gelangweilt kaute er auf einem Kaugummi herum, während er sich in Sarahs Zimmer umsah.

»Benedikt Preuss?« Sarah hatte den Fototermin total vergessen. Obwohl der Junge sie mit seinem Auftreten provozierte, bemühte sie sich um Freundlichkeit.

»Njaah.« Benedikt zog das Kaugummi über die Zunge. »Sieht aber scheiße aus hier«, gab er ungefragt seine Meinung zum Besten.

Anstatt darauf einzugehen, schraubte Sarah bereits die Kamera auf das Stativ. »Mütze und Sonnenbrille kannst du auf den Stuhl legen«, sagte sie.

»Nö, die kommen mit aufs Bild«, meinte Benedikt nur.

Sarah, die gerade das Objektiv wechselte, hielt genervt inne. »Das wird 'ne Porträt-Serie, und da ist es durchaus üblich, dass man das Model auf dem Foto sieht.«

»Mir doch egal, was üblich ist«, gab Benedikt zurück und rührte sich nicht von der Stelle.

»Hör zu«, sagte Sarah so ruhig wie möglich und humpelte auf ihn zu, »deine Eltern zahlen 'nen Haufen Kohle für diese Porträt-Serie. Und ich bin ziemlich sicher, dass sie ihren Sohn dann nachher auch darauf sehen wollen. Und darum ...« Sarah holte tief Luft und brüllte Benedikt aus vollem Halse an, »... ziehst du jetzt diesen Mist aus.«

Benedikt blieb unbeeindruckt.

Vor Verzweiflung kämpfte Sarah mit den Tränen, und Hart, der sie beobachtete, empfand starkes Mitgefühl mit ihr. So wie am Abend zuvor, als er nach der missglückten Geschenkübergabe zu ihrem Zimmer gegangen war und sie darin schluchzen gehört hatte. So gerne hätte er etwas für sie getan und ihr dabei geholfen, leichter mit den Schmerzen fertig zu werden. Aber Sven hatte ihm abgeraten. »Du hilfst ihr am meisten, wenn du ihr nicht hilfst«, hatte er zu Hart gesagt.

Aber jetzt ... jetzt konnte Hart sich nicht länger zurückhalten und musste eingreifen. »Tschuldigung, aber ...«

»Ich brauch deine Hilfe nicht«, unterbrach ihn Sarah barsch.

»Dir will ich auch nicht mehr helfen. Nur ihm.« Hart deutete auf Benedikt. »Komm mal mit, Junge. Was Besseres als dieses Geschrei findest du überall.«

»Warum kann es nicht so sein wie im Märchen?« Lolle war es zwar gelungen, vor Alex davonzulaufen, aber nicht vor ihren Problemen. Und so stand sie nun wieder todunglücklich vor dem Zauberspiegel.

»Ach, da ist das Happyend auch meist gelogen.« Der Spiegel zeigte ausnahmsweise sogar etwas Mitleid. »Rotkäppchen wurde in Wirklichkeit vom Wolf geschwängert, Hänsel wurde aufgefressen, und Gretel musste deswegen jahrelang in Therapie.«

»Wirklich?« Lolle konnte sich das gar nicht vorstellen.

»Ja«, beteuerte der Spiegel. »Und der Froschkönig wurde das letzte Mal in einem französischen Restaurant gesehen ... auf der Speisekarte.«

Unangenehm berührt verzog Lolle das Gesicht. »Bitte hör auf. Solche Storys bauen mich nicht wirklich auf.« Sie kehrte dem Spiegel den Rücken und ließ sich auf ihr Bett fallen. »Er hat Francesca geküsst.«

»Hat der es gut.« Allein bei der Vorstellung, Francesca zu küssen, seufzte der Spiegel selig.

»Ich glaube«, Lolle stand wieder auf und ging zur Tür, »ich rede lieber mit einem Menschen.«

»Vielleicht ...«, der Zauberspiegel wurde nachdenklich, »vielleicht war Euer Prinz nur verwirrt und liebt Euch dennoch mehr.«

»Glaubst du?« Lolle schöpfte neue Hoffnung und wartete auf eine Antwort.

»Ehrlich gesagt, nein«, meinte der Spiegel leichthin.

Lolle nickte traurig und ging mit hängendem Kopf zu Sarah.

Komplett angepisst packte Sarah in ihrem Zimmer soeben ihre Fotoausrüstung zusammen. »Ich hab keine

Zeit, ich hab gerade eine Krise«, wollte sie Lolle abwimmeln. »Aber offensichtlich nicht so eine wie du«, fuhr sie fort, als sie Lolles erbärmlichen Zustand sah. Sie schloss die Zimmertür und riss sich zusammen. »Hat er dich wegen der Sängerin verlassen?«

Zum Glück war es so weit noch nicht gekommen. »Ich bin weggerannt, bevor er es tun konnte«, gestand ihr Lolle.

»Gut.« Sarah nickte zufrieden. »Wenn alle Stricke reißen, kannst ja immer noch du Schluss machen. Dann kommst du wenigstens mit etwas Würde aus der Sache raus.«

Während Lolle noch überlegte, was sie davon halten sollte, klopfte es an der Tür.

»Hart, jetzt nicht.« Auf weitere »Unterstützung« hatte Sarah im Moment nun wirklich keinen Bock.

Aber es war nicht Hart, sondern Benedikt. »Ich bin's«, meinte er mit einem Mal lammfromm und trat vorsichtig ein.

Benedikt hatte sich vollkommen gewandelt. Ohne Sonnenbrille, Mütze und Kaugummi war von dem pubertierenden Widerling nicht mehr übrig geblieben als ein netter, babygesichtiger Jüngling. »Ähm ... also ...«, stotterte er verlegen, »ich würd dann jetzt gern die Fotos machen.«

Sprachlos starrte Sarah ihn mit offenem Mund an.

»Ich helfe dir beim Aufbauen. Wo soll das hin?« Benedikt griff nach dem Stativ.

Doch bevor Sarah antworten konnte, musste sie sich erst einmal in den Arm kneifen, um festzustellen, ob sie wach war oder träumte.

Alex ging es nicht besser als Lolle. Und er sah auch nicht besser aus. Bei seinem Anblick hatte sogar Lenny sofort erkannt, dass jetzt Reden angesagt war und vor allem Zuhören.

»Was mach ich denn jetzt nur?!« Verzweifelt vergrub Alex den Kopf in den Händen, nachdem er Lenny alles erzählt hatte.

Als Francesca seinerzeit mit ihm Schluss gemacht hatte, hatte er gedacht, die Welt würde untergehen. Doch als er dann Lolle kennen gelernt hatte, hatte er Francesca vergessen und nur noch an Lolle gedacht. Aber jetzt war Francesca plötzlich wieder da ... und damit auch die ganzen scheiß Gefühle. Er wollte Lolle nicht verlieren, aber ein Teil von ihm wollte auch Francesca. Und nun stand er zwischen zwei Frauen und wusste nicht mehr weiter.

»Du kannst nicht alles haben«, ließ sich plötzlich Lolle hinter ihm vernehmen, die schon seit einiger Zeit im Laden gestanden und Alex' Ausführungen heimlich belauscht hatte. »Wenn du sie nur geküsst hättest, wäre ich damit klar gekommen, aber wenn du noch was für sie fühlst ...«

»Lolle«, flehte Alex sie an, »gib mir Zeit.«

»›Gib mir Zeit‹?« Niedergeschlagen schüttelte Lolle den Kopf. »Du klingst wie jemand aus einer Fernsehserie.«

»Lolle, ich ...«

»Alex«, sie wollte nichts mehr hören und unterbrach ihn, »ich war schon zu oft mit Männern zusammen, in deren Leben noch eine andere Frau war. Ich will so etwas einfach nicht mehr.« Sie schloss die Augen und atmete tief durch. »Wirklich nicht«, setzte sie schweren Herzens hinzu und ging.

Alex wusste, dass dies das Ende war, und sah ihr am Boden zerstört nach.

Es war die richtige Entscheidung.

Lolle war sich dessen absolut sicher, als sie den Comicladen verließ. Doch mit jeder Minute, die verstrich, schwand ihre felsenfeste Überzeugung immer mehr dahin und machte Platz für Zweifel.

Es war die richtige Entscheidung. Es war die richtige Entscheidung ...

Spätestens als sie wieder zu Hause ankam, konnte Lolle sich nicht mehr selbst täuschen. Egal, wie oft sie diesen Satz auch dachte: Es war ... scheiße!

Heulend warf sie sich auf ihr Bett.

Und Lolle weinte noch immer, als es bereits dunkel geworden war.

Plötzlich legte sich eine Hand auf ihre Schulter, und sie

sah erschrocken auf. Vor ihr stand Sven und hielt ihr wortlos einen Kakao entgegen. Lolle nahm ihm die Tasse ab und kramte nach einem Taschentuch. Sofort streckte Sven ihr eines entgegen. Sie putzte sich die Nase und nippte an ihrem Kakao. Dann setzte sich Sven zu ihr aufs Bett und legte einen Arm um ihre Schultern. Lolle beruhigte sich, und die beiden sahen sich fest in die Augen. Zärtlich strich Sven ihr eine Haarsträhne aus der Stirn, und Lolle lehnte sich erschöpft an ihn. Wieder sahen sie sich an, und dann näherten sich ihre Lippen einander und fanden sich ganz langsam zu einem Kuss.

»Lolle!« Es klopfte an der Tür, und die beiden hörten auf sich zu küssen. »Telefon für dich«, verkündete Harts Stimme.

Sofort rückten Lolle und Sven voneinander ab.

»Ich ... ich ...«, stammelte Sven, »ich geh dann mal ...«

»Duschen?«, schlug Lolle vor.

»Ja, duschen ist super.« Hastig stand Sven auf und ging raus.

»Es ist eine Francesca«, meinte Hart. »Sie sagt, sie wartet mit einer Band auf dich.«

»Ich will sie nicht sprechen.«

Hart nickte und ließ Lolle wieder allein.

»Du hast mit Alex Schluss gemacht, weil er noch Gefühle für jemanden anderen hat«, meldete sich plötzlich der Zauberspiegel zu Wort, ohne dass Lolle ihn gerufen hatte. »Wer im Glashaus sitzt ...«

»... soll nicht mit anderen Schluss machen«, fuhr Lolle fort.

»Du solltest dem Prinzen eine neue Chance geben«, forderte der Spiegel sie auf.

»Soll ich ihm auch von Sven erzählen?«

»Und alles noch komplizierter machen?« Der Spiegel hielt das für keine gute Idee.

»Du bist ein schlauer Spiegel«, lobte ihn Lolle, und der Spiegel war geschmeichelt.

»Sag das mal der bösen Königin, die mich vor zweihundert Jahren aus ihrem Palast verbannt hat.«

»Was hast du bloß mit Benedikt gemacht?« Sarah hatte an Harts Wohnungstür Sturm geklingelt, um bezüglich der ominösen Wandlung Ursachenforschung zu betreiben.

»Och ...«, Hart fühlte sich gebauchpinselt, »ich hab ihm nur kurz ein paar Szenen aus meinem Lieblings-Splatter-Video gezeigt und gesagt: Genau das mach ich auch mit dir, wenn du nicht spurst!«

»Hart«, krampfhaft suchte Sarah nach den richtigen Worten, »ich muss dir jetzt was total Widerliches sagen ... und das fällt mir echt nicht leicht ...«

Erschrocken fuhr Hart zusammen.

»Danke«, presste sie mit einer reichlichen Portion Überwindung hervor.

Hart war baff ... und noch baffer über das, was Sarah hinzufügte.

»Und ich glaube, ich würde mich freuen, wenn du mir auch weiterhin helfen würdest.«

Das Erste, was er für sie tun durfte, war ihr aus rein medizinischen Beweggründen die Salbe aufs Steißbein massieren. »Du bist der erste Mann, den ich so an mich ran lasse«, gestand Sarah ihm dabei ernst.

»Und du bist die erste Frau, die mich so ranlässt«, gab Hart scherzend zurück.

»Ich mein das wirklich.« Sarah zog ihre Hose wieder hoch, drehte sich zu Hart um und sah ihm in die Augen. »Helfen lasse ich mir nur von Menschen, denen ich vertraue. Und es ist lange her, dass ich jemandem vertraut habe.« Sie streckte ihre Hände aus und berührte sanft sein Gesicht. Dann zog sie Hart zu sich heran und gab ihm einen zärtlichen Kuss.

Hart war davon so verwirrt, dass er schlagartig die Flucht ergriff.

»Lenny?« Lolle rief im Comicladen an, um nach Alex zu fragen. Doch Alex war schon wieder weg. Und das, was Lenny ihr erzählte, war keine gute Nachricht.

»Er ist zu einem Auftritt von Francesca gefahren. Ich hab

ihm ein Comic gegeben, wo Superman mit Lana Lang schläft. Ich befürchte, er hat die falschen Schlüsse daraus gezogen.«

Superman war als Teenager in Lana Lang verliebt und später mit Lois Lane verheiratet. In Heft siebenhundertsieben schlief er aber noch mal mit Lana ... und erkannte dabei, dass er kein Teenager mehr war. Lana war Vergangenheit, und alle Gefühle, die er noch für sie hatte, waren lediglich Echos aus dieser Zeit. Lana war früher und Lois jetzt. Superman war das sehr schnell klar geworden. Doch Alex ...

»Ich glaube, du solltest dich beeilen und ihm folgen«, meinte Lenny, »sonst kommen die beiden am Ende doch wieder zusammen.«

Er hatte die letzten Silben noch nicht ausgesprochen, da war Lolle auch schon unterwegs.

»Hat einer Lolle gesehen?« Francesca machte sich allmählich Sorgen. Weniger darum, ob Lolle etwas zugestoßen war, sondern mehr um den Plattenvertrag, den sie ohne Lolles Mitwirkung vergessen konnten.

Der kleine Club, in dem die Band und sie gleich zeigen würden, was sie konnten, war bereits ziemlich voll, und auch die Plattenbosse waren schon da. Nur von Lolle fehlte noch jede Spur. Immer wieder wanderten Francescas Augen zum Eingang ... und leuchteten plötzlich auf. »Bin gleich wieder da«, rief sie der Band zu und huschte davon.

Alex war gerade hereingekommen, und Francesca eilte sofort auf ihn zu.

In diesem Augenblick jedoch tauchte Lolle neben ihm auf, und er staunte nicht schlecht. »Was machst du denn hier?«

Lolle kam nicht dazu, ihm zu antworten, denn nun stand schon Francesca vor ihnen. »Ihr kennt euch? Das ist ja witzig«, meinte sie ahnungslos.

Im Gegensatz zu Lolle, die kein Wort herausbrachte, fing Alex sofort an zu reden. »Ich glaube, das ist nicht wirklich witzig. Francesca, ich will dir unbedingt etwas sagen.«

»Nein!« Lolle hatte ihre Sprache wieder gefunden. »Ich muss zuerst *dir* etwas sagen.«

Die beiden diskutierten kurz, wer beginnen durfte beziehungsweise musste – und Alex gewann, denn Lolle verließ der Mut.

»Francesca ...«, sagte er.

»Jetzt kommt ›ich liebe dich‹«, dachte Lolle angsterfüllt und schloss in Erwartung der Katastrophe die Augen.

Alex holte tief Luft ... doch er konnte nicht weitersprechen, denn der Bandmanager trat aufgeregt zu ihnen.

»Mann! Wo bleibt ihr denn? Wir müssen anfangen.« Er packte Francesca und Lolle bei den Händen und wollte sie zur Bühne ziehen, aber Lolle machte sich wieder los.

»Aber wir müssen noch was bereden.«

»Nachher.« Francesca war Profi und wusste, wann das Business Vorrang hatte. Und sie ließ von Lolle auch keine Widerrede zu. »Schluss jetzt«, würgte sie ihren neuerlichen Einwand ab. »Ich hab zwar keine Ahnung, was du für ein Spiel hier treibst. Aber du lässt uns nicht hängen. Wir gehen da jetzt rauf und verschaffen der Band ihren Plattenvertrag.«

Energisch zerrte sie Lolle Richtung Bühne, und Alex starrte den beiden sprachlos nach.

»Ich ... ich liebe dich auch.« Alex stand nach dem Auftritt mit Lolle an der Bühne und sah sie voller Sehnsucht an.

Sie hatte keine eigenen Worte finden müssen, um ihn von ihren Gefühlen zu überzeugen. Ihr Blick, während sie vor all den Leuten und doch nur für ihn ein Liebeslied gesungen hatte, hatte ihm alles gesagt. Und die Art, wie er ihren Blick erwidert hatte, hatte auch bei Lolle alle Zweifel beseitigt. Die Einzige, die ziemlich unglücklich wirkte, war nun Francesca.

»Das hättet ihr mir auch etwas früher erzählen können«, beschwerte sie sich bei den beiden. Sie war enttäuscht von

Alex, weil er sie geküsst hatte und den Kuss nun für einen Fehler hielt. Und von Lolle, weil Francesca gedacht hatte, sie könnten wirklich Freundinnen werden. Und sie war darüber hinaus auch total sauer. »Mich ausspionieren! So tun, als wolltest du in die Band«, fauchte sie Lolle mit ihrem südländischen Temperament an. »Und jetzt kriegen wir keinen Vertrag, weil ich mit so einer wie dir bestimmt nicht noch mal auftrete.« Doch Francesca war auch durch und durch aufrichtig. »Andererseits, ich hätte es auch so gemacht, um Alex zu behalten«, gab sie, ganz Vollblutweib, zu. Kampflos aufzugeben war weder ihre noch Lolles Sache. »Aber ehrlich gesagt, ist es mir lieber so. Denn eines will ich auf keinen Fall: mit jemanden zusammen sein, der noch irgendwo anders drinhängt.«

Lolle konnte das nur zu gut verstehen. Und da sie etwas besaß, dessen Liebe und Bewunderung nicht ihr, sondern Francesca galten, trennte sie sich davon ... und schenkte der ehemaligen Rivalin den Zauberspiegel.

Knowing me, knowing you

◆

»Glaubst du wirklich, ich kann mich einfach vor meine Eltern hinstellen und sagen: ›Wisst ihr was, ich schlafe mit Männern.‹?«

Mohammed, ein junger Ägypter mit einem umwerfenden Lächeln und der Schönheit eines antiken Gottes, schüttelte traurig den Kopf. »Lolle!«, appellierte er voller Ernst an ihr Verständnis. »Mein Großvater hat sich die meiste Zeit seines Lebens auf Kamelen fortbewegt und ein paar meiner Onkel sind der Meinung, dass es für einen moslemischen Mann absolut okay ist, mehr als eine Frau zu haben. Diese Familienhistorie bildet gewiss nicht die idealen Rahmenbedingungen, um mit der Wahrheit herauszurücken und sich als homosexuell zu outen.« Mohammed sah Lolle Hilfe suchend an.

»Du hättest ihnen vielleicht nicht die ganze Zeit vorlügen sollen, dass du eine Freundin hast ...« Lolle begriff durchaus den Ernst der Situation, aber sie bezweifelte, dass Mohammeds Taktik die richtige Lösung war.

»Ich konnte doch nicht ahnen, dass sie plötzlich aus Ägypten anreisen, um ihren in der Fremde studierenden Sohn zu besuchen«, verteidigte er sich. »Lolle, du bist die einzige Frau, in die ich mich verlieben könnte, wenn ich auf Frauen stehen würde«, schmeichelte er ihr und wiederholte seine Bitte mit allem ihm zur Verfügung stehenden Pathos: »Ich frage dich hiermit: Lolle, willst du meine Freundin spielen?«

»Okay«, Lolle musste schmunzeln und gab nach. Wie sollte es bei Mohammeds Charme und seinen sensiblen dunklen Augen auch möglich sein, sich nicht um den Finger wickeln zu lassen? »Aber wirklich nur kurz und nur einmal«, fuhr sie fort. »Und nur, weil du mir zeigst, wie man Comics zeichnet ... und weil ich auf dich stehen würde, wenn ich ein Junge und schwul wäre.«

»Danke!« Mohammed fand sein Lachen wieder und nahm Lolle erleichtert in die Arme.

»Au Scheiße!« Beim Blick auf die Uhr blieb Lolle vor Schreck beinahe das Herz stehen. »Schließ du den Comicladen ab.« Im Hinausrennen warf sie Mohammed den Schlüssel zu. »Ich schaff es noch, ich schaff es noch ...« Sie schwang sich auf ihr Fahrrad und strampelte wie eine Verrückte los.

Alex war inzwischen bestimmt ganz schön sauer, dass sie ihn dauernd warten ließ. Erst im Laden, weil Mohammed, ein genialer Zeichner, ihr noch zeigen sollte, wie er sein Manga-Cover layoutete. Und nun vor dem Kino, weil Mohammed danach noch dringend mit ihr hatte sprechen müssen. Mohammed, Mohammed ... und Alex, der schon mal vorausgefahren war, musste sich seinetwegen nun die Beine in den Bauch stehen. Dabei hatten Lolle und er – um Zeit zu gewinnen – ohnehin schon beschlossen, die Werbung sausen zu lassen und die Vorstellung erst mit Beginn des Hauptfilms zu besuchen. Aber selbst das würde knapp werden, wenn nicht ein Wunder geschah, das Lolle in Lichtgeschwindigkeit zum Kino beamte. »Ich schaffe es!« Verbissen trat Lolle in die Pedale.

Aber sie schaffte es nicht. Als sie atemlos vor dem Kino ankam, war Alex schon weg.

Lenny hatte Alex ja gewarnt: Mit Mohammed konnte man einfach nicht »kurz« reden. Und als Frau schon gar nicht, denn die verplapperten sich doch grundsätzlich immer mit ihren schwulen Freunden. Wahrscheinlich ging es gerade ums Schuhe kaufen, während Alex vor dem Kino auf und ab tigerte und sich die Absätze plattlief. Und da Lenny Recht behalten hatte, disponierte Alex spontan um und ging mit Lenny in die dreiundsechzigste Wiederholung von *Star Wars* anstatt mit Lolle in den geplanten Hugh Grant-Film.

»Hugh Grant?« Lenny verstand sowieso nicht, warum sich Alex einen solchen Schmachtfetzen hatte zumuten wollen. »Wie Männer doch mutieren, wenn sie plötzlich eine Freundin haben.« Seiner Ansicht nach konnte Alex von Glück reden, dass Lolle ihn versetzt hatte und er durch Zufall als Retter vorbeigekommen war.

»Ist euch klar, dass dieses Programm bis spätestens übermorgen laufen muss?« Sven war der Verzweiflung nahe und völlig mit den Nerven runter. Denn keiner der Programmierer im *Start up* war bislang fähig gewesen, die Nuss zu knacken. Eine Lösung war nicht nur nicht in Sicht, sondern schien sich in einem anderen Universum, in einer ihnen unbekannten, völlig anderen Dimension zu befinden. Da war es nicht gerade motivierend, dass der Kunde mit einer Konventionalstrafe gedroht hatte, falls der Auftrag nicht termingerecht ausgeführt wurde. »Wir müssen alles für den Erfolg tun«, gab Sven den Programmierern deshalb dramatisch gestikulierend zu verstehen.

»Wenn das so ist ...« Seine Leute sahen nur noch eine einzige Chance. Nur einer konnte ihnen jetzt noch helfen. »... dann brauchen wir Tim!«

»Tim? Welcher Tim?« Alle außer Sven wussten offenbar, von wem die Rede war. »Würde mich mal bitte jemand aufklären!«

»Na ja«, Hart übernahm diesen Job. »Tim gilt allgemein als Wunderprogrammierer. Er gilt allerdings auch allgemein als etwas ... äh ... schwierig. Oder vielleicht heißt der Fachausdruck in diesem Fall eher ›bekloppt‹.«

Allmählich dämmerte es Sven. »Tim?« Skeptisch hob er die Augenbrauen. »Quatsch! Das wäre ja gelacht, wenn wir das nicht in den Griff kriegen würden. Ich nehme das jetzt selber in die Hand.« Mit neuer Entschlossenheit setzte er sich wieder an seinen Computer.

Hart dagegen, der wusste, wie das ausgehen würde, suchte vorsorglich schon mal Tims Nummer heraus.

»Das Ding sieht aus wie ›Bring mich ins Bett und zieh es mir aus‹.« Sarah begutachtete das Top, das Lolle ihr in ihrem Zimmer präsentierte, und Lolle war froh, das Richtige gefunden zu haben.

»Sehr gut.« Sie grinste zufrieden. Mit den Waffen einer Frau würde es ihr sicherlich noch leichter fallen, sich bei Alex wieder einzuschmeicheln.

»Hast du ihn schon angerufen?« Sarah war diejenige gewesen, die zur Versöhnung gedrängt hatte. Denn obwohl Lolle das Date verpatzt hatte und zu spät gekommen war, war sie auf Alex wütend gewesen. Wie hatte er ihr das auch antun können? Sie in den Hugh Grant-Film reinplatzen und alle Reihen nach ihm absuchen lassen, um dann nicht da zu sein?!

»Weißt du, wie peinlich das war?« Zum siebten Mal erzählte sie Sarah die Geschichte.

»Vielleicht hättest du dich einfach etwas weniger mit Mohammed beschäftigen sollen«, gab Sarah zu bedenken. Doch Lolle hegte an der Richtigkeit ihres Verhaltens keinerlei Zweifel.

»Mohammed ist ein Freund. Was ist falsch daran, einem Freund in der Not zuzuhören?«

»Dass du damit Alex im Regen stehen lässt«, klärte Sarah sie auf. »Bei Beziehungen steht im Kleingedruckten: Sobald du eine hast, musst du dich auch drum kümmern. Das ist mit Männern genau wie mit Haustieren.«

»Ich lasse meine Freunde nicht hängen, nur weil ich jetzt mit Alex zusammen bin«, verdeutlichte Lolle nochmals ihren Standpunkt. Aber sie stimmte Sarah zu, dass eine Versöhnung wohl angebracht war. Und auch darin, dass es keine gute Idee war, für ägyptische Eltern die neue Freundin zu spielen.

»Weißt du, sein Gesicht in einen laufenden Ventilator zu halten, ist *keine gute* Idee. Das aber, was ihr vorhabt, ist eine *superschlechte* Idee«, meinte Sarah.

Also hatte Lolle nun gleich zwei Aufgaben zu erledigen: zum einen sich um Alex zu bemühen und dabei darauf zu hoffen, dass er die Klamottensprache verstand, und zum anderen Mohammed zu sagen, dass er seine Taktik ändern musste.

Sven war heilfroh, dass Tim so spontan hatte vorbeikommen können. Und noch froher war er, dass der Wunderprogrammierer auf Anhieb den Fehler fand.

»Ist 'ne Sache von ein paar Stunden«, erklärte Tim sich bereit, sich des Patienten anzunehmen.

Hart, der hinter den beiden stand, jubilierte innerlich.

An sich sah Tim ja ganz normal aus. Auffallend war höchstens, dass alles, was er trug – von den Socken bis zum Hemd – makellos sauber und megaordentlich war. Allein der kleine Ohrring war vielleicht etwas ungewöhnlich. Trotzdem behandelten Hart und Sven ihn wie ein exotisches Tier, von dem sie nicht wussten, ob es nicht doch gefährlich war.

»Wir lassen dich dann mal in Ruhe arbeiten«, meinte Sven und zog Hart mit sich fort.

»Wir sind gerettet!«, platzte Hart heraus, als sie außer Hörweite waren, doch Sven bat ihn, sich mit einer solchen Äußerung noch zurückzuhalten.

»Immer wenn man so etwas sagt, passiert etwas.« Warnend hob er den Zeigefinger.

»Ach, was soll schon groß passieren?« Hart strotzte vor Optimismus. Doch gleich darauf bereute er seinen verfrühten Triumph. »Hätte ich nur nichts gesagt!« Fassungslos lauschten er und Sven dem seltsamen Geräusch, das aus Tims Richtung kam. »Weint der?« Es war unverkennbar ein heftiges Schluchzen, das Tim da von sich gab. Und als die beiden sich zu ihm umdrehten, sahen sie, dass dem Star-Programmierer dicke Tränen übers Gesicht liefen.

Mohammed sah keinen Weg, seine Vorgehensweise zu ändern und seinen Eltern die Wahrheit zu sagen. Auch wenn sie eigentlich ganz in Ordnung waren, für die Homosexualität ihres Sohnes würden sie niemals Verständnis aufbringen. Es würde ihnen das Herz brechen – und das wollte er unter allen Umständen vermeiden. Denn er liebte seine Eltern über alles.

»Vielleicht brichst du ihnen gar nicht das Herz.« Lolle

war vor ihrem Treffen mit Alex schnell noch in die Kneipe gefahren, in der Mohammed jobbte. Und nun stand sie vor dem Tresen und sah ihm beim Ausschenken zu. »Meine Eltern schätze ich auch ständig falsch ein. Eltern reagieren immer anders, als man denkt. Das ist ein Naturgesetz.«

Mohammed sagte eine Weile gar nichts. »Ich hatte einen Bruder ...«, begann er dann mit belegter Stimme. »In Kairo ... er ist tot ... vor zwei Jahren ... Verkehrsunfall ... es war nicht seine Schuld ... keiner hatte Schuld ... er war einfach plötzlich tot ... und jetzt haben meine Eltern nur noch mich ...«

»Hey, Kumpel!«, Felix, ein sympathischer Kollege von Mohammed kam an den Tresen, um seine Getränke abzuholen, »so traurig hab ich dich ja noch nie gesehen.«

Mohammed schenkte ihm ein scheues Lächeln. »Du arbeitest ja auch erst seit gestern hier.«

Felix lächelte unsicher zurück und verschwand mit seinem Tablett.

»Mohammed!«

Mohammed erstarrte, als er die Stimme seines Vaters hörte, und drehte sich zu ihm um. So früh hatte er noch gar nicht mit seinen Eltern gerechnet!

Obwohl das Paar westlich gekleidet war, erkannte Lolle sofort, dass das Mohammeds Eltern waren. Beide waren schon über fünfzig und wirkten sehr konservativ. Unverkennbar kamen sie aus dem arabischen Raum.

Mohammed lief um den Tresen herum und ging auf seine Eltern zu. Er unterhielt sich mit ihnen in seiner Muttersprache, und Lolle verstand kein einziges Wort des für sie fremd klingenden Palavers. Unbeachtet stand sie etwas abseits und überlegte, was sie nun tun sollte.

Jetzt ist die Gelegenheit zu verschwinden ... einfach vorbeilaufen ..., dachte sie. Sie zählte bis drei und wollte gerade durchstarten, als Mohammed sich ihr zuwandte.

»... und das ist Lolle«, stellte er sie auf Deutsch seinen Eltern vor. »Ich ... ich hab euch ja schon einiges erzählt.«

Mohammeds Eltern zeigten sich nicht gerade begeistert, denn in ihrem aufreizenden Outfit entsprach Lolle nicht unbedingt dem Typ Frau, den sie sich für ihren Sohn wünschten. Aufgrund dieser kritischen Musterung wäre Lolle am liebsten doch noch geflüchtet, aber dann sah sie Mohammeds flehende Augen und entschloss sich zu bleiben.

Denn andererseits ist das die Gelegenheit, einem Freund zu helfen, ermutigte sie sich selbst und streckte Mohammeds Eltern schüchtern die Hand entgegen.

Noch während sie seinen streng blickenden Vater begrüßte, klingelte ihr Handy. Lolle zuckte entschuldigend mit den Schultern und nahm das Gespräch an.

»Hier ist Alex«, tönte es ihr aus dem Hörer entgegen. »Ich weiß nicht, ob du dich noch an mich erinnerst. Ich bin dieser schlanke, sehr sympathische junge Mann...«

»Du, ich hab jetzt gerade keine Zeit«, presste Lolle hervor, »Mohammed stellt mir gerade seine Eltern vor.«

»Mohammed tut was?« Alex glaubte, sich verhört zu haben. »Ich denke, der ist schwul.«

»Schatz«, nervös trat Lolle von einem Bein aufs andere, »ich erklär dir das später, ja?«

Lolle hatte den Satz kaum ausgesprochen, als ihr klar wurde, dass sie sich nun gleich an zwei Fronten in Erklärungszwang gebracht hatte. Denn zu wem sagte sie da ›Schatz‹, wenn sie doch Mohammeds Freundin war?

»Äh... Schatz, ja... das ist... ähm... mein Bruder... der ist dran... am Handy...«

Mohammeds Eltern sahen sie fragend an.

»Bruder? Wieso Bruder?!«, donnerte es aus dem Hörer. Alex konnte über diesen vermeintlichen Scherz nicht lachen.

»Das erkläre ich dir auch später.« Lolle beendete das Telefonat, bevor sie sich mit weiteren Erklärungsversuchen noch um Kopf und Kragen redete.

»Wollt ihr vielleicht was trinken oder was essen?«, sprang Mohammed ein, um die Situation zu retten. »Ihr habt jetzt die einmalige Chance, von eurem Sohn bedient zu werden.«

Doch seine Eltern wollten erst mal ins Hotel und sich umziehen.

»Eine gute Idee.« Erfreut lotste Mohammed seine Eltern Richtung Ausgang und begleitete sie vor die Tür.

Lolle atmete erleichtert auf. »Die beste des ganzen Tages!«

Als Mohammed zu ihr zurückkam, lächelte sie ihn freundlich an. Auf ihren weiteren Einsatz als seine Freundin würde er nach diesem Auftritt wohl hoffentlich keinen Wert mehr legen, und sie konnte beruhigt zu Alex fahren. Doch Lolle hatte sich wie so oft getäuscht. Mohammed hatte seinen Eltern versprechen müssen, dass Lolle sie morgen auf einer Stadtrundfahrt begleitete. »Es geht ganz schnell«, flehte er sie an, ihn nicht im Stich zu lassen.

»Ach ja?« Lolle hatte null Lust zu diesem Familienausflug. »Dir ist klar, wir reden hier über Berlin? Da geht nichts mal eben schnell, noch nicht mal, wenn du nur versuchst, von einer Straßenseite auf die andere zu kommen ...« Und trotzdem gab sie nach. Eine Stadtrundfahrt sollte man, wenn man in Berlin lebte, ja wenigstens einmal mitgemacht haben. Außerdem blieb ihr keine Zeit für weitere Diskussionen. Sie war schon über eine Stunde zu spät dran und musste jetzt dringend zu Alex.

Als Lolle endlich bei Tuhan ankam, um Alex dort zu treffen, hatte der sich schon über die Wartezeit hinweg getröstet. Mit einigen von Tuhans berüchtigten Schnäpsen, sodass sein Zustand nun nicht mehr der beste war. Nach der anfänglich entspannenden Wirkung, die das Teufelszeug gehabt hatte, war ihm jetzt nur noch schlecht. Außerdem sah er Lolle gleich doppelt ... alles zusammen keine gute Voraussetzung für einen Abend zu zweit, wie Lolle sich vorgestellt hatte. Das sexy Top hätte sie sich getrost sparen können.

»Noch sauer?« Lolle küsste Alex auf den Hals, und er nickte. Als Wiedergutmachung dafür, dass er mit Lenny ins

Kino hatte gehen müssen, war ihm das zu wenig. Also küsste Lolle ihn richtig, und Alex erklärte sich großmütig bereit, ihr zu verzeihen.

»Hey, folgende Idee«, schlug er Lolle wieder versöhnt vor. »Wir beide gehen morgen früh ... okay, sagen wir nicht ganz so früh ... aber wir gehen chic frühstücken und danach zeige ich dir meinen absoluten Lieblingssee in Berlin. Sehr klein, sehr einsam, mit sehr weichem Gras drum herum. Was meinst du?«

Und schon war die Falle wieder zugeschnappt. »Morgen? Also, eigentlich hab ich morgen –« Lolle brach ab und lächelte verlegen.

»Jetzt sag mir nicht, du hast wieder was mit Mohammed geplant ...« In Alex begann es langsam zu brodeln. »Lolle«, er sah sie voller Ernst an, »eigentlich finde ich es toll, dass du deinen Freunden hilfst ... aber gerade finde ich es richtig bescheuert.« Er rutschte von seinem Barhocker und ging leicht schwankend in Richtung Ausgang.

»Man kann sich nun mal leider nicht aussuchen, wann die anderen ihre Probleme haben«, rief ihm Lolle beleidigt hinterher.

»Dann kannst du mich ja anrufen, wenn es allen gut geht.« Ohne sich nochmals umzudrehen, ging Alex hinaus.

Nach etlichen Packungen Taschentücher, die Tim tränenreich schniefend und schluchzend verbraucht hatte, war es endlich raus: Der Programmierer hatte Liebeskummer. Und zwar in einem solchen Ausmaß, dass er es für besser hielt, nach Hause zu gehen.

»Was willst du denn da?« Hart fürchtete um den Auftrag, den sie ohne Tim verlieren würden. »Klar, so was kann einen fertig machen. Ich weiß das aus ... aus Büchern und Filmen ... und Sven aus eigener Erfahrung.«

»Das gehört nicht hierher.« Sven sah nicht ein, warum er jetzt auch noch sein Privatleben thematisieren sollte. Aber es blieb ihm wohl nichts anderes übrig, so erwartungsvoll wie Tim ihn ansah. Offensichtlich hoffte er, in Sven einen

Seelenverwandten gefunden zu haben. »Okay, Hart hat Recht«, gab Sven deshalb zu, um Tim zum Bleiben zu bewegen. »Ich weiß ziemlich genau, wie du dich fühlst. Das ist wie Grippe: Es nutzt einem nichts, wenn alle sagen, dass es wieder weggeht und dass man daran nicht stirbt.«

»Okay«, Tim war langsam davon überzeugt, dass er im *Start up* besser aufgehoben war als allein in seiner Bude. »Es wird schon irgendwie gehen«, sagte er und lächelte Sven zaghaft an.

Und so machte sich Tim an die Arbeit, und alles schien gut. Bis Hart zu bereits später Stunde vom Pizzaholen zurückkam und Tim seine Schachtel aufklappte.

»Oh Gott!« Wie paralysiert starrte er auf die Pizza, als wäre sie mit Unaussprechlichem belegt. »Die hat ja Thunfisch, Zwiebeln und Kapern drauf!« Erschüttert vergrub er den Kopf in den Händen. »Die hat er auch immer gegessen ...«

»Wer?« Misstrauisch beobachtete Sven Tims erneuten Gefühlsausbruch.

»Lars.« Tonlos presste Tim den Namen des wunderbarsten Mannes hervor, den er je getroffen hatte. Aber Lars hatte ihn verlassen. »Und wisst ihr warum?« Tim heulte auf wie eine Sirene. »Er hat behauptet, ich wäre zu weinerlich. Könnt ihr euch das vorstellen?«

Hart und Sven verkniffen sich eine Antwort, und Hart stand auf, um neue Taschentücher zu holen.

»Ich gebe uns zwei Minuten, bis deine Eltern merken, dass da was faul ist.« Lolle schlenderte am nächsten Vormittag ganz gemächlich neben Mohammed her, um die Zeit bis zu ihrem zweiten Auftritt als seine Freundin noch etwas hinauszuzögern. Angeblich – so konstruierten sie gemeinsam ihre Lügengeschichte – hatten sie sich über Lolles Schwester kennen gelernt. Wobei Lolle in Wirklichkeit ja gar keine Schwester hatte. Ihre Beziehung – so fantasierten sie weiter – lief im Großen und Ganzen recht harmonisch. Bis auf einen Streit ab und an, der ja in den besten Familien vorkam.

»Übrigens«, Mohammed war noch etwas eingefallen, worauf Lolle achten sollte, »es wäre gut, wenn du nicht erwähnst, dass wir Comics zeichnen. Meine Eltern und Comics ... na ja, das geht irgendwie nicht zusammen. Sie denken immer noch, dass ich Ingenieur werden will.«
Lolle sah darin kein Problem.
Ziemlich problematisch erschien es ihr dagegen, so zu tun, als würde sie selbst Kunstgeschichte studieren. Denn davon hatte sie absolut keine Ahnung. Und unter diesen Umständen würde es wahrscheinlich gerade mal dreißig Sekunden dauern, bis Mohammeds Eltern das Schauspiel entlarvt hatten.

Mohammeds Vater war etwas verstimmt darüber, dass Lolle am gestrigen Abend nicht noch mit ihnen gegessen hatte. »In unserem Land geht man nicht weg, wenn die Eltern zu Besuch kommen. In unserem Land spricht die zukünftige Schwiegertochter mit der Mutter, mit dem Vater, der Familie ...«
Lolle hoffte, sich verhört zu haben. Was sollte denn jetzt der Spruch mit der Schwiegertochter?
Aber ihre Ohren waren absolut in Ordnung. Mohammed hatte nur vergessen, ihr zu sagen, dass seine Eltern in dem Glauben waren, ihr Sohn sei mit Lolle verlobt. Und leider war er auch noch nicht dazu gekommen, ihr zu erzählen, dass sie für ihn zum Islam überzutreten gedachte. Deshalb hatte sie gestern auch nicht bleiben können, da hatte sie nämlich zum Koranunterricht gemusst ...
Lolle merkte, wie sich langsam ihr Magen zusammenkrampfte. Aber trotzdem spielte sie weiter mit und gab bei der Stadtrundfahrt sogar ihr kunstgeschichtliches Wissen zum Besten. Frech erklärte sie einige Bauten aus den fünfziger Jahren zum Jugendstil und ernannte ein beliebiges Gebäude zum Haus, in dem Picasso während seiner Berliner Phase gelebt hatte.
»Ich wusste gar nicht, dass Picasso in Berlin gewohnt hat«, wunderte sich Mohammeds Vater.

Als eine Gruppe Jugendlicher zu ihnen in den Doppeldeckerbus stieg, wurde die Situation zunehmend angespannter.

»Hey, Schönheit!«, rief ihr der Anführer der Jungs zu und pfiff anerkennend durch die Zähne. »Quatscht dich der Kameltreiber etwa blöd an?« Provozierend wandte er sich an Mohammed. »Hör mal, Mustafa, lass schön die Finger von der Frau, ja?«

»Einfach gar nicht beachten«, zischte Mohammed Lolle zu.

»Hey, Mustafa, warum fährst du Bus?«, stänkerte der Halbstarke weiter. »Ist dein fliegender Teppich beim TÜV?« Er erntete schallendes Gelächter von seiner Clique und wendete sich, dadurch angestachelt, wieder Lolle zu. »Hey, Schönheit!« Er grinste schmierig. »Warum lässt du dich denn von dem Kameltreiber begrabschen? Oder ist das etwa 'n Spaghetti? Hey, Schönheit, ist die Ölfrisur neben dir n' Spaghetti oder n' Kameltreiber? Sieht zwar aus wie 'n Kameltreiber, ist aber bestimmt 'n Spaghetti.«

Da wurde es Lolle zu blöd. Abrupt stand sie auf, ging zu dem aufmüpfigen Anführer und baute sich vor ihm auf.

»Und du?« Sie blickte ihn scheel an. »Bist du 'n Arschloch oder 'n Vollidiot? Ich meine, du siehst zwar aus wie 'n Arschloch, aber du redest wie 'n Vollidiot. Wirklich schwer zu sagen also ... Aber ich glaube, du bist einfach nur ein blödes Arschloch ...«

Die Kids, von Lolles Konter beeindruckt, drückten pfeifend und klatschend ihre Anerkennung aus.

Siegesbewusst warf sie den Kopf in den Nacken und ging zurück zu ihrem Platz. Jetzt hab ich wenigstens mal gepunktet, dachte sie stolz und lächelte Mohammeds Vater an.

Doch weit gefehlt!

»Eine Frau sollte nicht so reden«, wies dieser sie schmallippig zurecht. »In unserem Land sollte die Frau nicht in der Öffentlichkeit das Wort erheben gegen einen Fremden. Sie sollten das wissen, wenn Sie unsere Religion annehmen.

Auch sollte die Frau sich so kleiden, dass sie keine Aufmerksamkeit erregt bei anderen Männern.«

Schweigend ließ Lolle die Moralpredigt von Mohammeds Vater über sich ergehen. In ihr tickte eine Bombe, die jede Sekunde zu explodieren drohte. Und dann war es auch schon so weit. Aufgebracht sprang Lolle erneut auf. »Und in unserem Land«, setzte sie energisch zu ihrer Verteidigung an, »ist es so, dass eine Frau sich nicht einfach dumm anquatschen lassen muss ... und sie kann anziehen, was sie will!« Sie wandte sich an Mohammed. »Ich lass euch jetzt besser allein.« Zornig stieg sie die Treppe zum unteren Fahrgastraum des Busses hinunter.

»Lolle?« Überrascht fuhr sie herum und sah, dass Mohammeds Mutter ihr gefolgt war. »Sie lernen nicht für den Islam. Und Sie studieren auch nicht Kunstgeschichte, richtig?«

Lolle schüttelte den Kopf, und ihre Wut war mit einem Mal verraucht.

»Nehmen Sie Drogen?«

»Was?!« Lolle war entsetzt, dass ihr diese Frage überhaupt gestellt wurde.

»Machen Sie irgendetwas Unsittliches?«, forschte Mohammeds Mutter weiter.

»Ich will Comics zeichnen, arbeite in einem Comicladen und bin nur süchtig nach Kakao.« Lolle erwartete, Mohammeds Mutter mit dieser Eröffnung schockiert zu haben, doch sie hatte sich wieder verrechnet.

»Ich bin ja so glücklich, dass es Sie gibt!« Freudestrahlend nahm die Frau Lolle in den Arm und drückte sie schwiegermütterlich an sich.

Ob *sie* vielleicht Drogen genommen hat?, fragte sich Lolle verwundert.

»Sie müssen sich nicht länger verstellen, damit wir Sie akzeptieren«, fuhr Mohammeds Mutter selig lächelnd fort. »Mir ist egal, ob Mohammed eine gläubige Frau heiratet oder nicht ... Ich hatte nur immer Angst, dass er homosexuell sein könnte. Das hätte mein Mann nicht überlebt ...«

»Dreimal darfst du raten, wie es mit den Ägyptern lief, Sarah.«

Lolle hängte ihre Jacke an die Garderobe und plapperte schon im Flur drauf los. »A) schlecht, B) katastrophal oder C) zum ...« Sie stockte, als sie in die Küche trat, denn Sarah war nicht allein.

»Hi.« Alex sah sie unsicher an. Er war nicht nur ebenso stur wie Lolle, sondern auch ebenso einsichtig und vor allem ebenso ungeschickt darin, den ersten Schritt zu tun. Beklommen standen sie einander gegenüber und wussten nicht, was sie nun tun sollten.

»Du lieber Himmel, das kann man ja nicht mit ansehen!«, erbarmte sich Sarah der beiden. »So, los jetzt ...«, sie nahm Lolle bei der Hand und führte sie zu Alex. »Ihr tut es Leid, ihm tut es Leid. Schenkt euch das blabla. Ich will jetzt eine Umarmung sehen und heftiges Knutschen ...«

Zögernd nahmen sich Lolle und Alex tatsächlich in die Arme. Sie lachten verkrampft und küssten sich dann. Erst mit vorsichtiger Zurückhaltung, dann innig und voller Sehnsucht.

»Na also«, Sarah verdrehte die Augen, »geht doch. Und den Rest der Versöhnung könnt ihr dort veranstalten, wo man das gemeinhin so macht. Aber zügig. Du weißt Alex, du hast nicht viel Zeit ...« Mit Nachdruck schob sie die beiden aus der Küche.

»Was meint sie denn damit?«, erkundigte sich Lolle in ihrem Zimmer.

»Na ja ...«, begann Alex, »ich bin von meinem Professor gefragt worden, ob ich am Abend für ihn einen Vortrag bei einem internationalen Meeting in der Hochschule halten will. Und da hab ich selbstverständlich zugesagt. Du musst unbedingt kommen«, setzte er voller Stolz hinzu.

»Natürlich, was denkst du denn?!« Lolle freute sich mit ihm. »Ich werde dich den ganzen Abend nonstop anhimmeln.«

»So in etwa hatte ich mir das auch vorgestellt.« Alex zog Lolle zu sich heran, um nun die Versöhnung fortzusetzen.

Lolle schmiegte sich in seine Arme, und sie küssten sich so leidenschaftlich, dass sie das Klopfen an der Tür überhörten.

»Lolle, da ist Besuch für dich.« Sarah stand in der Tür und hinter ihr erschien sogleich Mohammed.

»Lolle, ich wollte mich entschuldigen ...« Überrascht bemerkte er, dass der Zeitpunkt dafür schlecht gewählt war, denn Lolle lag nach wie vor in Alex' Armen. »Und mein Vater auch ...« Im gleichen Moment tauchten auch schon seine Eltern im Türrahmen auf. Sprachlos starrten sie auf Lolle, die Verlobte ihres Sohnes und ihre zukünftige Schwiegertochter, die gerade in den Armen eines fremden Mannes lag.

»Ja, äh ...«, Lolle war die Erste, die sich wieder fing, »... wir feiern gerade ein bisschen.« Sie tat, als wäre alles ganz normal. »Mein Bruder darf nämlich heute einen wichtigen Vortrag an der Uni halten.«

»Was?« Alex wusste noch immer nicht, was dieses dämliche Bruder-Gelabere eigentlich sollte, aber Mohammed schaltete sofort.

»Das ist ja fabelhaft!« Mit übertriebener Freude lief er auf Alex zu und umarmte ihn. »Ich freue mich für dich. Da krieg ich ja einen verdammt schlauen Dings ... äh, ich meine Schwager, oder wie das heißt.«

»Hä?«, verwirrt schob Alex Mohammed von sich, bevor der auch noch anfangen würde, ihn zu küssen, »geht's noch?«

Mohammeds Eltern standen da wie zwei Fragezeichen.

»Sie glauben doch nicht etwa, dass ich Mohammed betrüge?«, versuchte Lolle, deren Befürchtungen gleich im Vorfeld auszuräumen. »Ich schwöre Ihnen, das würde ich nie tun.« Wie sollte sie auch, wo sie doch gar nicht mit Mohammed zusammen war?

»Was?!« Alex hatte die Faxen nun allmählich dicke und wurde patzig. »Das freut mich ja sehr für Mohammed.«

»Und mich noch mehr.« Mohammed grinste aufgesetzt. »Und wo das geklärt ist, wollen wir auch gar nicht weiter stören.« Schnellstmöglich bemühte er sich, den Schauplatz zu verlassen und seine Eltern aus dem Zimmer zu schieben. Man konnte ja nie wissen, was sonst noch passierte.

Doch Mohammeds Mutter wollte erst noch Alex begrüßen, der ja nun auch ein zukünftiges Mitglied ihrer Familie war, und bestand dann darauf, dass ihr Mann sich bei Lolle für sein Auftreten bei der Stadtrundfahrt entschuldigte. Und erst als er das – wenn auch wenig herzlich – erledigt hatte, gab sie dem massiven Drängen ihres Sohns nach. Am Gesicht seiner Eltern konnte Mohammed ablesen, dass ihnen die ganze Sache dennoch ziemlich suspekt war.

Sobald die Wohnungstür ins Schloss gefallen war, versuchte Lolle, Alex alles zu erklären. Doch der zeigte nur mäßiges Verständnis.

»Gestern war es Fatman, heute ist es ein schwuler Ägypter und morgen ein transsexueller Japaner – und von dem lässt du dich dann adoptieren und tust, als wäre ich deine Tante, oder was?«

Lolle fand, dass Alex übertrieb. Und außerdem: Was erwartete er eigentlich von ihr? »Meine Vorgängerinnen haben sicherlich alles stehen und liegen gelassen, sobald du aufgetaucht bist... Aber ich bin nicht so. Zu meinem Leben gehören auch meine Freunde«, erinnerte sie ihn erneut an ihre Einstellung.

Allmählich wurde Alex wieder ruhiger, denn an sich hatte er ja auch nichts dagegen, dass Lolle sich auch noch um andere Menschen kümmerte. Nur wollte er die Hauptrolle für sie spielen. »Brad Pitt und Julia Roberts – dann kommt erst mal nichts, und erst dann kommen die Nebenrollen.«

Unter keinen Umständen wollte Lolle, dass Alex das Gefühl hatte, für sie nur eine Nebenrolle zu spielen.

»Die Hauptrollen heißen deshalb so«, fuhr er fort, »weil es in dem Film hauptsächlich um sie geht. Doch bei uns... Ach, manchmal weiß ich ja nicht mal, ob das Ganze eine Komödie wird oder eher ein Drama.«

Lolle fühlte sich ertappt. Sie ging zu Alex und nahm

seine Hände in die ihren. »Pass auf, Brad Pitt, ich mach dir einen Vorschlag.« Ihr Blick zeigte ihm, wie wichtig er für sie war. »Du kannst dir einen Tag aussuchen, an dem du frei über mich verfügen kannst ...«

»Komm einfach zu meinem Vortrag an der Uni«, sagte Alex nur. »Und zwar nicht erst, wenn ich schon damit fertig bin.«

»Das hat uns gerade noch gefehlt.« Argwöhnisch sah Sven zu Tim hinüber, der traurig vor seinem Bildschirm saß und keinen Finger rührte. »Jetzt schreibt er uns das Programm nie zu Ende, und wir kriegen unsere Konventionalstrafe.«

Hart nickte bloß.

Dieser Tim war eine einzige emotionale Achterbahnfahrt. Auf und ab – und das in teuflischem Tempo. Und wenn nicht bald was passierte, dann würde Tim das *Start up* mit seiner Heulerei noch in einen Feuchtbiotop verwandeln. Erst hatte er wegen diesem Lars geflennt. Doch als er gemerkt hatte, dass er in Sven auf einen Spezialisten in Sachen Liebeskummer getroffen war, hatte er sich wieder gefangen und an die Arbeit gemacht. Er hatte sogar sein letztes Foto von Lars zerrissen und weggeworfen. Allerdings brauchte er es nun auch nicht mehr, denn er hatte ja einen neuen Lars den ganzen Tag leibhaftig vor sich. Freundlich, gut aussehend, kurz: Sven! Es war immer wieder derselbe Typ Mann, auf den Tim seit Jahren abfuhr. Allein durch Svens Anblick motiviert, hatte Tim sich ans Werk gemacht und begonnen, das Programm umzuschreiben. Doch Sven hatte eine magnetische Anziehungskraft auf ihn ausgeübt, der Tim sich nicht hatte widersetzen können. Er war zu Sven an dessen Schreibtisch gegangen und hatte ihm mit verliebtem Lächeln übers Haar gestrichen. »Du solltest dir die Haare kürzer schneiden lassen«, hatte er ihm geraten. »Das würde dein Profil noch besser zur Geltung bringen.« Und dann hatte er den verdutzten Sven gefragt, ob sie nicht mal gemeinsam weggehen wollten. Ins *Babylon* zum Beispiel, einen von Tims bevorzugten Läden.

»Hör mal, Tim ...«, Sven hatte sich Mühe gegeben, die Abfuhr so freundlich und einfühlsam wie möglich zu formulieren, »versteh das jetzt bitte nicht falsch ... Nur, ich glaube, du und ich, wir können nicht zusammen weggehen ... jedenfalls nicht in dem Sinne, wie du es gern hättest ...«

Tim hatte erstaunlich schnell verstanden. Niedergeschlagen hatte er sich auf einen Stuhl sinken lassen und losgejammert. Denn jetzt wusste er, warum das Schicksal ihn immer wieder auf denselben Typ hereinfallen ließ. »Nur um immer wieder verletzt zu werden ... immer wieder ...«

Sofort hatte Hart sich um einen Nachschub an Taschentüchern gekümmert.

»Wir haben noch eine Chance«, meinte Hart nun zu Sven, um die Sache doch noch zum Guten zu wenden. »Du musst so tun, als ob du schwul und noch zu haben bist.« Schließlich – und das hatte Sven selbst gesagt – musste man für den Erfolg alles tun.

Lolle hatte alles organisiert und genau getimet. Lenny würde ihre Spätschicht im Comicladen übernehmen, und sie konnte dadurch erst Mohammed helfen und dann zu Alex' Vortrag gehen. Und am Ende des Tages würde sie dann bewiesen haben, dass sie mit Alex zusammen sein konnte, ohne ihre Freunde zu vernachlässigen.

Mohammeds Eltern ahnten natürlich, dass irgendetwas nicht stimmte. Und deshalb hatte Mohammed sich dazu durchgerungen, ihnen die Wahrheit zu sagen, bevor alles noch konfuser wurde. Aber er konnte es nicht allein, dafür fehlte ihm der Mut. Und deshalb brauchte er noch ein einziges letztes Mal Lolles Unterstützung.

Zeitlich durfte das für Lolle überhaupt kein Problem sein. Es blieb mehr als eine Stunde für Mohammed, um noch pünktlich bei Alex zu sein.

Mohammed war ziemlich aufgeregt, als er mit Lolle auf seine Eltern wartete. Sie saßen an einem Tisch in der noch fast leeren Kneipe, in der Mohammed sonst arbeitete, und

Felix, der nette Kollege, servierte ihnen die Getränke. Lolle bemerkte sofort, dass die beiden Jungs aneinander Gefallen fanden. Nur gegenseitig schienen sie sich das nicht eingestehen zu können. Aber das war im Moment nebensächlich und nicht der Grund, weshalb Lolle gekommen war.

»Es wird schon nicht so schlimm werden. Am Ende werden sie froh sein, dass du mich nicht wirklich heiraten wolltest«, bemühte sie sich, Mohammed ein wenig den Druck zu nehmen.

Und dann tauchten schließlich Mohammeds Eltern auf.

»Ich möchte fünf Minuten mit Ihnen reden«, sagte der Vater direkt nach der Begrüßung zu Lolle. »Allein.« Die Situation roch irgendwie nach einer Hinrichtung.

»Das war nicht Ihr Bruder, richtig?«, fragte Mohammeds Vater, nachdem er sich mit Lolle an einen anderen Tisch gesetzt hatte.

»Doch, doch ... er ist mein ...«

Doch er ließ Lolle gar keine Möglichkeit, sich noch weiter in ihre Lügen zu verstricken. »Verkaufen Sie mich nicht für dumm. Und verkaufen Sie meinen Sohn nicht für dumm. Und schwören Sie nie wieder einen Meineid.«

»Das war kein ...«

»Genug! Ich weiß, wie das Leben hier ist. Ich war auch mal jung und hab auch in Berlin studiert. Wein, Weib und Gesang, wie es so schön heißt ... Und auch wenn ich keinen Wein getrunken habe, so habe ich doch alles andere durchaus genossen. Aber mein Sohn und ich, wir sind verschieden ...!«

Wie verschieden, das ahnst du gar nicht, schoss es Lolle durch den Kopf.

»... Mohammed ist sensibel. Er hat immer wieder gesagt, wie sehr er Sie liebt. Also beenden Sie Ihr ... Verhältnis«, forderte Mohammeds Vater Lolle auf, »und seien Sie ihm eine gute, liebende Frau.« Seine Stimme verlor ihren Befehlston und wurde plötzlich gefühlvoll. »Ich bitte Sie. Nach dem Tod seines Bruders ist er der einzige Sohn, den ich noch habe. Mir ist nichts auf der Welt wichtiger als sein Glück.«

»Ich hatte ein Gespräch mit Hart.« Tim nutzte die Gelegenheit, ungestört mit Sven reden zu können, und setzte sich auf den Rand seines Schreibtisches. »Er hat mir einiges erklärt.« Tims verständnisvolles Lächeln trieb Sven kalte Schauer über den Rücken.

»Ach, Hart redet viel, wenn der Tag lang ist«, spielte er – egal, was auch immer Hart gesagt hatte – die Sache herunter.

»Wollen wir ins *Babylon*? Nachher?« Tim witterte offensichtlich eine neue Chance.

Hart hatte ihm nämlich zu verstehen gegeben, dass Sven nicht so viel Erfahrung in solchen Sachen hatte. »Wenn ihn jemand anspricht«, so hatte er Tim erklärt, »reagiert Sven immer erst mal völlig abweisend, einfach aus Unsicherheit. Im Prinzip sind seine Reaktionen immer genau entgegengesetzt zu seinen Gefühlen.« Also war nach Tims Einschätzung Svens Korb positiv zu werten und ein zweiter Anlauf dringend erforderlich.

Tim lächelte Sven unverwandt an, während er auf eine Antwort wartete.

»Ja, also …«, mit Grauen dachte Sven daran, dass er für den Erfolg alles zu tun hatte. »Warum nicht? Wenn wir bis dahin fertig sind«, sagte er zähneknirschend.

»Dann will ich mich mal schnell wieder an die Arbeit machen.« Tims Augen begannen bereits jetzt, Sven am Stück zu verschlingen. Er zwinkerte ihm verschwörerisch zu und huschte zurück an seinen Platz.

»Mama, Papa …« Mohammed stand nervös vom Tisch auf und räusperte sich. Sein Blick wanderte langsam von Lolle zu seinen Eltern, und dann begann er, auf Arabisch zu sprechen.

Lolle versuchte, die Reaktionen der Eltern zu deuten, doch ihre Mienen waren wie versteinert.

Nachdem Mohammed nach wenigen Sätzen zum Schluss gekommen war, entstand eine kurze Pause, in der Lolle den Atem anhielt. Dann stand Mohammeds Vater auf und legte in einer väterlichen Geste seinem Sohn die Hand auf die Schulter.

Erleichtert atmete Lolle auf.

Als Mohammed und sein Vater sich wieder gesetzt hatten, lächelte sie Mohammed an. Aber er erwiderte ihr Lächeln nicht. Lolle warf daraufhin ihre Serviette zu Boden und fegte wie zufällig auch noch Mohammeds Besteck vom Tisch. Fast gleichzeitig bückten sie sich und tauchten unter den Tisch ab.

»Und?«, flüsterte Lolle am Boden hockend. »Ist doch gut gelaufen, oder?« Lolle sah Mohammed erwartungsvoll an. »Oder nicht?«, hakte sie verunsichert nach, als er zögerte.

»Ich hab lediglich gesagt, dass ich froh bin, dass sie hier sind.« Hilflos zuckte Mohammed mit den Schultern, während er Messer und Gabel vom Boden klaubte.

Sie sahen sich eine Sekunde ratlos an und tauchten dann gemeinsam wieder auf.

»Gut«, setzte Mohammeds Vater nach einer Weile zum Toast an, »es gab Schwierigkeiten. Situationen, die nicht gut waren. Probleme auf dieser Seite, Probleme auf jener Seite. Aber alle Schwierigkeiten sind geklärt ...«

Lolle kramte hektisch in ihrer Handtasche, in der sich bereits das nächste Problem ankündigte. Betreten nahm sie das klingelnde Handy heraus und lächelte entschuldigend in die Runde. Auf dem Display sah sie, dass Alex in der Leitung war, und nahm das Gespräch an. Eine Entscheidung, die bei Mohammeds Eltern gar nicht gut ankam.

»Hi, ich bin's.« Alex stand bereits am Rednerpult im noch leeren Hörsaal und fieberte seinem Vortrag entgegen. »Ist irgendwie seltsam, wenn man den Laden mal aus dieser Perspektive sieht. Und ich wollte einfach mal deine Stimme hören ...«

»Ja ...« Lolle wusste nicht, was sie sagen sollte, denn alle am Tisch hörten ihr zu. Sie versuchte, sich ein Stück wegzudrehen, wollte aber auch nicht allzu unhöflich erscheinen. »Ja ... prima ...«, stammelte sie, da ihr auf die Schnelle nichts Besseres einfallen wollte.

Alex war verblüfft. »Ja ... gut?«, fragte er. »Ich hatte ehrlich gesagt gehofft, ich würde dich etwas länger hören und vielleicht auch mit einem etwas anderen Text ... aber gut ...«

»Das ist ...« Lolle hoffte, Alex würde auch so heraushören, dass sie ihn liebte, »... im Moment nicht so gut. Wir sollten nicht weiter miteinander sprechen.« Der auffordernde Blick von Mohammeds Vater gab ihr zu erkennen, dass das sicherlich besser war.

»Schon verstanden.« Alex war hörbar verstimmt. »Mohammed.« Er schluckte und setzte dann erneut an. »Hör zu«, sagte er leise, »wenn du heute Abend wegen dieses Blödsinns nicht kommen kannst, dann ... dann ... ich weiß wirklich nicht, was ich dann machen soll ... mit uns!«

Alex legte auf, und Lolle stieß innerlich einen gellenden Schrei aus. Dann packte sie ihr Handy wieder ein und atmete tief durch. »Entschuldigung, wo waren wir stehen geblieben?«

»Bei ›Alle Schwierigkeiten sind gelöst‹.« Mohammeds Vater legte die Stirn in Falten.

Nicht nur das Gespräch mit Alex, sondern auch der Blick auf die Uhr zeigten Lolle, dass dem ganz und gar nicht so war. Im Gegenteil! Wenn Mohammed nicht bald mit der Wahrheit herausrückte und sie sich auf die Socken machte, dann würde noch eine ganze Reihe neuer Schwierigkeiten hinzukommen. Also hieß es handeln. Und zwar jetzt!

Lolle trat Mohammed unter dem Tisch gegen das Schienbein. Und als er nicht reagierte, mit doppelter Kraft noch einmal, bis er sie ansah. Mit einer Kopfbewegung deutete Lolle in Richtung Toilette.

»Entschuldigt mich kurz.« Mohammed hatte verstanden.

Er war noch keine halbe Minute weg, als auch Lolle sich mit einem »Äh ... ich muss auch mal ...« vom Tisch verzog.

Im Waschraum angekommen, kam Lolle auch gleich zur Sache: »Würdest du irgendwas an dir ändern, wenn du könntest?«, fragte sie Mohammed, der sein Gesicht mit ungutem Gefühl im Spiegel betrachtete.

»Die Nase vielleicht«, witzelte er, doch Lolle zog nur eine Schnute.

»Nein, ich weiß schon, was du meinst.« Er wandte sich nun Lolle zu und lehnte sich gegen den Waschtisch. »Ich würde nichts ändern.«

»Dann verstehe ich nicht, warum du vor deinen Eltern dieses Versteckspiel spielst, Mohammed. Ich sage dir, wenn das ganze Theater hier noch länger dauert, werden sie den Eindruck haben, dass ihr Sohn der größte Vollidiot aller Zeiten ist, nur noch übertroffen von seiner komischen Verlobten.«

»Ich schaff es einfach nicht«, seufzte Mohammed kleinlaut. »Immer wenn ich es versuche, sehe ich in Vaters strenge Augen und mich verlässt der Mut.«

»Das heißt«, in Lolles Kopf ratterten die Gedanken, »wenn er netter gucken würde, würdest du es hinkriegen?«

»Ich glaube schon.« Mohammed nickte nachdenklich.

Tim war ein echter Gigant, wenn es ums Programmieren ging, und machte seinem diesbezüglichen Ruf in der Branche alle Ehre. Aber er war, wie Sven es selbst erlebt hatte, auch genauso schwierig. Also spielte Sven gezwungenermaßen das ›Ich-bin-ein-schüchterner-Homo-Theater‹ mit, und Tim brachte dafür Stück für Stück das Programm in Ordnung. Doch je mehr Tims Arbeit Formen annahm, umso größer wurde Svens Horror vor dem Date, das er ihm zugesagt hatte. Und irgendwann rang er sich dann durch, Tim abzusagen.

»Ich habe es mir überlegt«, meinte er schließlich, bevor ihn der Mut wieder verließ, »ich will nicht mit dir ins *Babylon* gehen.«

»Was?!« Tim fiel aus allen Wolken. »Das wäre aber zu schade. Warum denn nicht?«

»Weil …« Doch bevor Sven seine Begründung lieferte, forderte er von Tim das Versprechen, dass dieser nicht gleich wieder zusammenbrechen und nach Hause gehen wollen würde.

»Das kommt auf den Grund an«, meinte Tim mit weinerlicher Stimme. »Ist es, weil du über den letzten Kerl noch nicht hinweg bist?«

»Na ja …«

»Das könnte ich nachvollziehen.«

»Okay, dann ist es das«, erwiderte Sven eilig. »Ich bin noch nicht darüber hinweg. Das ist es.«

»Siehst du ihn noch?« Tim schien die Erklärung tatsächlich ganz gut verkraftet zu haben.

»Sehe ich ihn noch?« Sven überlegte hektisch. »Äh … ja … andauernd.«

»Andauernd?«, wunderte sich Tim.

»Ja … weil … äh …« Svens Blick fiel auf Hart, der ihm von seinem Schreibtisch aus zugrinste. »… es ist Hart …«

»Hart?!« Tims Frage glich einem Aufschrei.

»Ja, Hart, genau.« Sven redete sich immer mehr in Schwung. »Hart und ich waren zusammen, und jetzt, na ja, ist es aus. Aber wir arbeiten noch zusammen.«

»Ich muss sagen, in diesem Fall hat meine Schwulenader komplett versagt«, gestand Tim. »Ich hätte weder gedacht, dass er schwul ist, noch dass du auf ihn stehst. Ehrlich gesagt hätte ich gedacht, dass die Chance, dass überhaupt jemand auf ihn steht, weit im Minusbereich liegt.«

»Na, läuft alles?« Hart musste gespürt haben, dass die beiden über ihn sprachen, und stellte sich zu ihnen. Süffisant lächelnd sah er von Sven zu Tim und dann wieder zu Sven.

»Ich hab ihm alles gesagt.« Mit einer ungelenken Geste nahm Sven den ahnungslosen Hart in den Arm.

»Gesagt? Was denn?« Hart war über die ungewohnte Vertraulichkeit ziemlich irritiert. »Ich kann nicht ganz folgen.«

»Na ja, dass ich immer noch an dir hänge und so.« Sven

rückte noch ein Stück näher an Hart heran. »Ach, Knuddel, das weißt du doch ganz genau.«

»Eigentlich müsste ich schon längst weg sein.« Lolle verfolgte den Smalltalk zwischen Mohammed und seinen Eltern nur mit halbem Ohr und hing ihren eigenen Gedanken nach. Mohammed, es tut mir Leid, ich zähle jetzt bis drei und dann gehe ich, dachte sie. Denn Mohammed hatte bis jetzt noch immer keine Anstalten gemacht, seinen Eltern reinen Wein einzuschenken. Eins ... zwei ... drei ...
Als hätte Mohammed ihre Gedanken erraten, schob er ihr so unauffällig wie möglich eine Serviette zu, auf die er heimlich »Hilf mir!« geschrieben hatte.
... vier ... fünf ..., zählte Lolle im Geiste weiter und blieb sitzen.
»So, drei Wässerchen und einen Kakao ohne Sahne.« Felix brachte den Getränkenachschub und schenkte Mohammed ein warmherziges Lächeln. Als er wieder zum Tresen zurückging, kam Lolle eine Idee. Sie folgte Felix und tuschelte mit ihm.
»Äh ja ... wie gesagt ...« Mohammed geriet dadurch völlig aus dem Konzept. »Was hast du denn mit Felix geredet?«, raunte er Lolle zu, als diese sich wieder an den Tisch setzte.
»Nun, sagen wir es mal so«, Lolle grinste verschwörerisch, »gleich gibt's Wein, Weib und Gesang ... und dann wird er nicht mehr streng gucken.«
»Hallöchen, liebe Freunde«, ertönte es kurz darauf in das typisch knackende Geräusch einer eingeschalteten Mikrophonanlage hinein. »Wer könnte schon einer charmanten jungen Dame einen Wunsch abschlagen? Jedenfalls nicht euer Felix! Und deshalb machen wir heute, hier und jetzt auf ihren speziellen Wunsch wieder unser legendäres Karaoke! Und den Anfang macht natürlich die Frau, der wir dieses Ereignis heute verdanken: ›Knowing me, knowing you‹ – vorgetragen von der einzigartigen Lolle, mit einem Partner ihrer Wahl ...«

Die Musik setzte ein, und die anwesenden Gäste spendeten dem angekündigten Duo aufmunternden Applaus.

Mohammed und seine Eltern waren völlig verblüfft – und noch mehr, als Lolle aufstand und sich Mohammeds Vater schnappte.

»Ich hab auf so was keine Lust«, weigerte der sich. Doch Lolle wusste, wie sie ihn zu packen hatte.

»Wollen Sie mir sagen, dass nichts mehr von ihrem alten Feuer da ist?«, fragte sie ihn augenzwinkernd und schleppte ihn mit sich zu der improvisierten Bühne. »Von früher? Als Sie in Berlin studiert haben?«, fuhr sie fort und ließ sich von Felix das Mikrophon geben. Rechtzeitig zum Refrain setzte Lolle ein. »Knowing me, knowing you ...« Sie hielt Mohammeds Vater das Mikro hin.

Kein Ton. Nicht mal ein winziges, leises Tönchen. Er stand nur stockzteif da und starrte mürrisch vor sich hin.

Lolle winkte die Musik ab. »Sie müssen an dieser Stelle nur ›Aha‹ singen, okay?«, erklärte sie ihm übers Mikrophon und die Gäste lachten. »Kennen Sie das Lied? Ich singe ›Knowing me, knowing you‹ und dann singen Sie ›Aha‹.« Durch diesen originellen Einstieg hatten die beiden schon jetzt das Publikum auf ihrer Seite.

»Machen Sie mit«, flüsterte Lolle Mohammeds Vater zu und deutete auf den Monitor. »Da vorn läuft der Text.«

Felix startete erneut das Playback, und Lolle fing an, sich im Rhythmus zu bewegen. Mohammeds Vater jedoch blieb weiterhin steif wie ein Stock, wenngleich er jetzt zumindest seine Augen auf den Karaokemonitor richtete.

»Knowing me, knowing you«, setzte Lolle ein, und als sie ihm abermals das Mikro entgegenhielt, kam tatsächlich ein mehr gemaultes als gesungenes ›Aha‹. Durch den Beifall der Zuschauer angefeuert, sang Lolle weiter und das zweite ›Aha‹ klang schon etwas musikalischer. Beim dritten Einsatz sang Mohammeds Vater sogar eine ganze, wenn auch kurze Textzeile. Und als die Gäste klatschten, grinste er schüchtern.

Mit jeder Sekunde jedoch taute er mehr auf, und bei der

zweiten Wiederholung des Refrains sang er versuchsweise sogar Lolles Passagen mit. Erfreut lächelte sie ihn an, und er lächelte zum ersten Mal offen und aufrichtig zurück. Als das Lied schließlich zu Ende war, verbeugte er sich ansatzweise und verließ die Bühne.

Lolle dagegen blieb stehen. Sobald der Applaus verklungen war, hob sie das Mikrophon erneut an den Mund und kündigte das zweite Duett an. »Mohammed, darf ich bitten.«

Mohammed kam auf die Bühne, und Felix fuhr die Musik ab.

»Don't go breaking my heart«, sang Lolle die erste Zeile des alten Elton-John-und-Kikki-Dee-Songs, und Mohammed tat sein Bestes. »I couldn't if I tried«, trällerte er.

Nach ein paar weiteren Takten drückte Lolle Felix das Mikrophon in die Hand und stellte sich neben Mohammeds Vater, der sich ganz in der Nähe der Bühne postiert hatte.

Mohammed und Felix sangen sich über die nächsten Zeilen hinweg an, und jeder im Raum konnte spüren, wie viel Spaß die beiden daran hatten. Mit jeder Zeile wurden sie lockerer und gingen mehr aufeinander ein. Ganz selbstverständlich lehnten sie sich beim Refrain aneinander und himmelten sich an.

»Right from the start ... I gave you my heart.«

Die Gäste applaudierten, und Mohammed und Felix umarmten sich.

Nachdem die Darbietung beendet war, ging Lolle zu Mohammed. »Er schaut nicht mehr streng«, wisperte sie ihm ganz leise zu, da sich auch sein Vater näherte. »Los jetzt!«

»Ich kann es nicht!« Mohammed wollte sich wieder um das Geständnis drücken, doch dafür hatte Lolle jetzt keine Zeit mehr.

»Mohammed, ich muss gehen.« Es war bereits halb acht, und die Uhr tickte. Wenn sie um acht nicht in der Hochschule war, würde nicht nur Alex, sondern ihre komplette

Beziehung explodieren. »Du musst dir jetzt alleine helfen. Und Sie«, Lolle wandte sich an seinen Vater, »Sie sollten Ihrem Sohn sagen, dass sein Glück Ihnen das Wichtigste auf der Welt ist, dann hat er vielleicht nicht mehr so viel Angst vor Ihnen.«

»Lolle ...«

Sie ließ Mohammed nicht zu Wort kommen.

»Ich dachte, Alex und meine Freunde könnten beide Hauptrollen in meinem Leben spielen. Aber Filme mit zu vielen Hauptrollen funktionieren wohl nicht ...«

»Wovon spricht sie?« Verständnislos sah Mohammeds Vater Lolle hinterher, die zu ihrem Platz gegangen war, um ihre Jacke zu holen.

»Papa ...«, Mohammed raffte seinen gesamten Mut zusammen, »ist dir mein Glück wirklich das Wichtigste auf der Welt? Denn dann muss ich dir jetzt etwas sagen, wovon mein Glück abhängt.«

Und während Mohammed sich seinem Vater anvertraute, machte Lolle sich eiligst auf den Weg zu ihrem Brad Pitt.

»Knuddel?« Hart hatte mit Sven noch ein Hühnchen zu rupfen und nur auf einen Moment gewartet, in dem er ihn alleine zu sprechen bekam. »›Wir müssen alles für den Erfolg tun‹, was?«

Sven grinste unschuldig.

»Na?«, platzte überraschend Tim in die Situation, »habt ihr euch wieder vertragen?«

»Na ja ... äh ...« Aufgrund seiner ständigen Stotterei, die Tims pure Anwesenheit hervorrief, sah sich Sven schon in Behandlung bei einem Logopäden, »wie ich gesagt habe ... wir sind da noch nicht so ganz drüber hinweg ... stimmt's, Knuddel?«

»Ja«, gab Hart gequält zu, »so ist das wohl ... Puffel.«

»Puffel?« Sven empfand diesen dämlichen Kosenamen nahezu als persönlichen Angriff ... Und so war er wohl auch gemeint, denn gleichzeitig boxte Hart Sven mit einem Paradelächeln heftig in die Seite.

»Vielleicht sollte Hart nachher mitkommen ins *Babylon*«, schlug Tim vor. »Da kellnert ein Typ, der wäre vielleicht was für dich. Vielleicht findet heute ja jeder seinen neuen Traummann!« Er trat einen Schritt näher zu Sven heran und hob auffordernd eine Augenbraue.

»Wie gesagt«, reflexartig zog Sven Hart zu sich heran, »ich weiß nicht, ob ich schon für eine neue Beziehung bereit bin ...«

»Und ich ...«, widerwillig gab Hart nach und nahm auf Svens Schoß Platz, »also ich auch nicht ...«

»Na dann würde ich sagen«, Tim versuchte, die beiden noch näher aneinander zu schieben, »ihr gebt euch jetzt mal einen richtigen Kuss, um die ganze Sache abzuschließen, und dann fangen wir alle noch mal ganz neu an. In Ordnung, Knuddel? Okay, Puffel?«

»Das reicht!«, rief Sven und schob Hart von sich. Bevor er ihn küssen würde, wollte er lieber die Konventionalstrafe zahlen. Alles für den Erfolg zu tun, konnte nicht wirklich alles bedeuten. Nicht das! Das war wirklich zu viel verlangt. Es war an der Zeit, das Täuschungsmanöver aufzuklären. »Hart ist nicht schwul, und ich war auch nie mit ihm zusammen. Und ich bin im Übrigen auch nicht schwul, verstehst du. Wir haben dir das nur vorgespielt, um zu verhindern, dass du einfach wieder nach Hause gehst ...«

In Tims Augen funkelten die ersten Tränen.

»Ich glaube, wir haben es übertrieben. Tut mir Leid«, entschuldigte sich Sven, und auch Hart hatte ein schlechtes Gewissen. »Mir auch«, meinte er betroffen. »Soll ich wieder Taschentücher holen?«

Tim schüttelte den Kopf und ging zu seinem Computer. Tapfer setzte er sich vor das Gerät, schluchzte einmal kräftig und hackte dann in die Tasten.

Und er hörte erst auf, als das Programm fertig war und reibungslos lief. Als er sich schließlich zufrieden zurücklehnte, brauchte er dann doch noch ein Taschentuch, denn Sven, Hart und die anderen Mitarbeiter spendeten ihm lautstark Beifall für diese außerordentliche Leistung.

»Ich bin bei solchen Sachen immer schnell gerührt«, meinte Tim entschuldigend und wischte sich eine seiner nie versiegenden Tränen aus dem Gesicht.

»Meine Damen und Herren ...«, Alex stand in dem inzwischen gut gefüllten Hörsaal am Rednerpult, »ich bitte Sie noch um einen kleinen Augenblick Geduld.«

Der Zeiger auf der großen Wanduhr ruckelte der Acht entgegen.

»Ich warte nämlich noch auf einen wichtigen Gast ... auf den ich noch warte ... also ...«

Pünktlich auf die Sekunde schob Lolle die Tür zum Hörsaal auf und trat ein. Mit ihrem schönsten Lächeln drängelte sie sich an den Anwesenden vorbei nach vorne und nickte Alex zu.

»... ich denke, jetzt können wir anfangen.« Erlöst lächelte Alex zurück. »Meine Damen und Herren«, begann er den offiziellen Teil der Veranstaltung, »ich darf Sie im Namen von Professor Petermann und der gesamten Fakultät herzlich willkommen heißen ...«

Sein Blick wanderte zu Lolle, die nicht nur rechtzeitig erschienen war, sondern auch ihr zweites Versprechen hielt: Sie heftete ihre Augen auf Alex und himmelte ihn den gesamten Vortrag hindurch an.

Und ihrem Brad Pitt gefiel das außerordentlich.

Gegen die Uhr

Wenn etwas auf dieser Welt nicht superkompatibel war, dann Lolle und die HDK.

Vielleicht war sie mit den falschen Vorstellungen oder überhöhten Erwartungen an ihr Studium herangegangen? Wie auch immer – in jedem Fall fühlte sie sich an der Uni ziemlich fehl am Platze. Der Rektor, Prof. Hagen, schwafelte nur von Marktwirtschaft und öden, schlecht bezahlten und dafür umso arbeitsintensiveren Jobs in Agenturen, die angeblich so erstrebenswert waren. Dabei wollte Lolle unter gar keinen Umständen eine dieser affektierten Werbetussis werden. Und auch ihre Kommilitonen waren für Lolle nicht unbedingt potenzielle Kandidaten für innige Freundschaften. Viele waren einfach unkollegial und setzten rücksichtslos ihre Ellbogen ein, wenn sie sich dadurch Vorteile verschaffen konnten. Außerdem war die Hochschule der einzige Ort, an dem Lolle und Alex sich stritten, da Alex ihr mangelndes Engagement vorwarf. Und aus all diesen Gründen fragte sich Lolle, ob es nicht besser war, einfach nicht mehr zur HDK zu gehen. Schließlich wollte sie nach wie vor Comiczeichnerin werden und ihr Talent nicht mit Computergrafik und dämlichen Retouche-Jobs vergeuden. Dafür hatte sie absolut keine Ader.

Prof. Hagen dagegen hatte keinerlei Verständnis für alles, was nicht mit Werbung zu tun hatte. Für ihn war die Werbebranche Religion – und alle Andersgläubigen hielt er für Traumtänzer, für Abtrünnige, die er mit Verachtung und extrem harten Worten strafte. Wie Anja zum Beispiel: ein unscheinbares Mauerblümchen, das tapfer zu seinen hohen Idealen stand.

Anja wollte Bücher illustrieren. Und was bekam sie von Hagen zu hören? »Wenn man Bücher illustrieren will, muss man auf ein paar Dinge verzichten: Geld, Anerkennung und regelmäßiges Essen.« Doch damit nicht genug, denn Hagen gab sich nicht damit zufrieden, seinen Studenten jegliche Illusion zu rauben, sondern er wurde auch noch persönlich verletzend. »Und ich kenne ja Ihre Art zu zeichnen«, hatte er zu Anja gesagt. »Die Bücher, die Sie illustrieren wollen, will ich nicht lesen.«

Die anderen Studenten quittierten derlei Attacken mit höflichem Kichern und hielten ansonsten normkonform den Mund. Lauter Feiglinge, die aus Angst, selbst zur Zielscheibe von Hagens Bösartigkeit zu werden, konsequente Vogel-Strauß-Politik betrieben. Und auch Lolle fehlte oft der Mut, sich gegen Hagen aufzulehnen und ihm Kontra zu geben. Denn was hatte ihr der Versuch, Anja zu helfen und Hagens Aufmerksamkeit von ihr auf sich zu ziehen, schon eingebracht? Einen Spruch wie »Und plötzlich erscheint einem ›Bücher illustrieren‹ als ein lukrativer Beruf«, über den sich die Kommilitonen fast krumm gelacht hatten. Und dazu noch Hagens ganze Zuwendung, die darin bestanden hatte, dass er Lolle eine Viertelstunde lang in die Zange genommen hatte. Bis sie nicht mehr gewusst hatte, ob sie Männlein oder Weiblein war.

Alex, der Lolle wirklich liebte und nur das Beste für sie wollte, war nicht ganz auf ihrer Seite. Auch er hielt es für etwas abwegig, dass Lolle einmal Comics zeichnen wollte, und schätzte die Chance, in der Werbung unterzukommen, realistischer ein. Doch auch er hatte so seine Probleme mit Hagen – und zwar ganz persönliche.

Alex war früher einmal Hagens Assistent gewesen, hatte dann aber festgestellt, dass dieser einen außerordentlich hohen Arschlochfaktor besaß, und war deshalb zu Professor Petermann gewechselt. Was Hagen nur widerwillig und unter der Androhung, Alex das Examen zu vermasseln, zugelassen hatte. Und fast jedes Mal, wenn er Alex nun sah, erinnerte er ihn an diese Drohung.

Hagen ließ seine Launen aber nicht nur an den Studenten aus, sondern auch an anderen Professoren. Erst jüngst hatte er es wieder geschafft, eine Professorin, von der Lolle ziemlich viel hielt, so lange unter Druck zu setzen, bis diese sich von selbst in den Ruhestand begeben hatte.

Und irgendwie schien es unmöglich, gegen Hagen vorzugehen. Der Letzte, der das gewagt hatte, war Studentenvorsitzender gewesen und hatte sogar ein Disziplinarverfahren gegen Hagen angestrengt. Mit dem Erfolg, dass der mutige Kämpfer nun als Schuhverkäufer bei Reno arbeitete.

Lolle konnte spüren, dass es eines Tages auch mit ihr so weit kommen würde – aber nicht, weil sie sich gegen Hagen aufgelehnt hatte, sondern weil ihr die beknackte Hochschule die ganze Kreativität absaugte. Kurz: Lolle befand sich in einer absoluten schöpferischen Krise. Sie setzte sich zwar immer wieder an ihren Zeichentisch, um ein Comic zu zeichnen, aber mehr als ein Haufen zerknülltes Papier kam dabei nicht heraus. Das letzte Mal, dass sie ein Comic zu Ende gebracht hatte, lag schon Ewigkeiten zurück.

Aber was sollte sie tun, wenn nicht Grafik-Design studieren? Erstens war es der Studiengang, bei dem sie am meisten übers Zeichnen lernen konnte, zweitens würden ihre Eltern sie nicht mehr weiter finanzieren, wenn sie die Uni schmiss. Und drittens – und das musste Lolle sich selbst eingestehen – kannte sie keine Alternative zur HDK … außer vielleicht mit Sarah zu Tuhan zu gehen, weil sie Hunger hatte.

»Das ist kein Hunger«, stellte Sarah fest, als sie Lolle beim Essen beobachtete. »Das ist Frust.«

Und Lolle konnte ihr nicht mal widersprechen. »Das ist ja auch frustrierend«, gab sie zu. »Die Professoren versuchen einen zum Erfolgsmenschen zu dressieren. Kreativität ist denen völlig egal. Und alle mobben sich gegenseitig.«

»Wie überall, wo Menschen aufeinander treffen.« Sarahs Weltbild war wieder einmal ziemlich vernichtend, während Lolle nach wie vor an das Gute auf diesem Planeten glaubte.

»Quatsch«, insistierte sie, »Menschen können sich auch füreinander interessieren.«

»Klar«, Sarah nickte, »wenn sie voneinander profitieren können.«

Doch Lolle ließ sich nicht von ihrer Ansicht abbringen. Auch an ihrer Hochschule würde es besser zugehen, wenn die Studenten das bekämen, was sie wollten.

»Karriere, Kohle und guten Sex?« Unter diesen Voraussetzungen konnte sich auch Sarah ein Studium vorstellen.

»Nein«, erwiderte Lolle voller Ernst und Idealismus, »ein motivierendes Studium.«

»Ein motivierendes Studium?« Sarah hielt nichts von solchen großen Worten, denn Predigten gehörten für sie auf die Kanzel. Sie kam partout nicht damit klar, wenn jemand jammerte, aber nichts tat, um den Missstand zu ändern. Und das war es, was Lolle ihrer Meinung nach machte.

»Vielen Dank für das Gespräch.« Lolle legte ihre Gabel beiseite und stapfte beleidigt aus dem Imbiss.

»Vietnamesisches Sprichwort sagt: Jammern ist die Verdauung der Seele«, sagte Tuhan, der den beiden zugehört hatte, zu Sarah.

»Deswegen stinkt mir Jammern ja auch so«, nahm diese spitzzüngig den Vergleich auf.

Sarah, die mit dem Rücken zur Tür saß, konnte nicht sehen, dass Hart in den Imbiss kam. »Ich ... ich hab mich verlaufen«, stammelte er, als er sie entdeckte, und machte auf dem Absatz kehrt.

»Will sich da ein ängstliches Herz nicht dem anderen öffnen?« Gerade von Hart war Tuhan ein solches Verhalten nicht gewohnt.

»Will sich da jemand in Dinge einmischen, die ihn nichts angehen?«, gab Sarah sichtlich genervt zurück.

»Vietnamesisches Sprichwort sagt«, setzte Tuhan wieder an, nachdem sich Sarah für ihren rüden Ton entschuldigt hatte, »wenn Mann kommt nicht klar mit Gefühlen ...«

»... dann sein das normal«, meinte Sarah.

Jammern! Jammern!
Lolle verbrachte wieder einmal eine schlaflose Nacht

und wälzte sich neben Alex von einer Seite auf die andere. Ich jammere nicht, dachte sie und ließ sich noch einmal durch den Kopf gehen, was Sarah zu ihr gesagt hatte. Na ja, sie muss das alles ja auch nicht noch vier Jahre aushalten, stellte Lolle resigniert fest. In dieser fiesen Atmosphäre und dabei kreuzunglücklich werden ... Lolle hielt inne. Scheiße, ich jammere doch, stellte sie selbstkritisch fest und stand auf.

»Okay, dann wollen wir mal was tun.« Sie ging zu ihrem Zeichentisch, schaltete die Lampe ein und machte sich an die Arbeit.

Als sie mit ihrem Werk fertig war, rannte sie damit aus dem Zimmer, um Sarah unverzüglich davon in Kenntnis zu setzen, dass sie jetzt handeln würde. Doch mit dieser Absicht musste sie sich noch einen Moment gedulden, denn auf dem Flur stieß sie auf Sven.

»Kannst du auch nicht schlafen?« Lolle war etwas verwirrt, da Sven bis auf die Unterhose völlig nackt war.

»Schon eine ganze Weile nicht.« Er sah sie an, und sofort begann es zwischen den beiden wieder zu knistern.

Ich sollte solche Situationen vermeiden, dachte Lolle beunruhigt, da ihr letzter Kuss mit Sven ja noch nicht lange zurück, ihr dafür aber umso schwerer im Magen lag. Sie hatte sich für Alex entschieden und dabei blieb es auch.

»Ähm ...«, Sven suchte offensichtlich nach einem Weg, Lolle aufzuhalten, »hast du Zeit für einen Kakao?«

Und ich sollte sofort mit dem Vermeiden beginnen, beschloss sie und hatte deshalb keine Zeit. Nachdem sie ihm das gesagt hatte, ging Lolle in Sarahs Zimmer und ließ einen deprimierten Sven zurück.

Der Grund, warum Sven auch schon die letzten Nächte nicht allzu gut geschlafen hatte, war nicht der Vortrag, den er bald in den USA bei einem Entwicklerkongress halten musste. Und auch nicht die Tatsache, dass sein ›Th‹ so schlecht war, dass Hart angeregt hatte, er sollte die Rede doch so umschreiben, dass keine Worte mit ›Th‹ darin vorkamen ... Der Grund war einzig und allein Lolle. Und wenn Hart Recht hatte, dann musste er ihr endlich sagen, dass er sie noch liebte.

»Damit kannst du die Partie vielleicht noch in der zweiundneunzigsten Minute umbiegen«, hatte Hart ihn angespornt. »Wie ManU gegen die Bayern neunundneunzig.«

Doch Sven hatte viel zu große Angst, ein Eigentor zu schießen, und war deshalb von Harts Tipp zunächst nicht so richtig überzeugt gewesen.

»Dann weißt du aber wenigstens, woran du bist«, hatte Hart daraufhin zu bedenken gegeben und Sven schließlich so weit gebracht, dass er Lolle nun selbst dringend die Wahrheit sagen wollte.

»Du, es wäre wirklich toll, wenn wir mal eben reden könnten«, versuchte er sie deshalb erneut aufzuhalten, als sie nur Sekunden, nachdem sie in Sarahs Zimmer verschwunden war, wieder zurück in den Flur gerannt kam.

»Ich muss los.« Lolle zog ihre Jacke an und wollte verschwinden.

Sven nahm daraufhin seinen ganzen Mut zusammen und sah Lolle bittend an. »Es geht um uns.«

»Also …«, sie war geschockt, »ich muss wirklich ganz dringend weg.« Und nach dieser Eröffnung erst recht, fügte sie im Geiste hinzu. »Nachher vielleicht …« Denn bis dahin hatte sie sich vielleicht auch seelisch darauf vorbereitet.

»Aber nachher bin ich schon im …« Das Wort »Flieger« prallte bereits an der Wohnungstür ab, die Lolle fluchtartig hinter sich geschlossen hatte.

»Ist die Verrückte schon weg?« Sarah zog sich im Gehen einen Pulli über den Kopf und hatte es offensichtlich ebenfalls eilig. Dennoch blieb ihr noch genug Zeit, um den knapp bekleideten Sven mit einem anerkennenden Lächeln zu mustern. »Weißt du was, du bist echt dekorativ.« Mit diesen Worten ließ sie ihn mit sich und seinen Sorgen allein und heftete sich an Lolles Fersen. Denn Sarah wollte mit eigenen Augen sehen, wie Lolle ihre Ankündigung wahr machte, in die HDK einbrach und dort das von ihr entworfene Flugblatt verteilte.

»›Gegen einen menschenverachtenden Rektor, der von seinem Posten gefeuert werden muss‹ ...«, las Sarah den Aufruf, den Lolle verfasst hatte, laut vor und spurtete neben ihr im Laufschritt durch die Straßen, »... ›für weniger Ausrichtung auf den Markt, mehr Ausrichtung auf die Ziele der einzelnen Studenten, mehr Respekt voreinander‹ ... Das volle Idealismusprogramm«, stellte sie anerkennend fest. Lolles Text war gut geschrieben, sehr gut sogar – aber natürlich völlig umsonst, meinte Sarah, denn wenn man die Welt mit Flugblättern ändern könnte, würden die Menschen aus dem Flugblattschreiben gar nicht mehr herauskommen.

Aber Lolle wollte ja nicht die Welt verändern, sondern nur ein bisschen die HDK.

»Und kannst du mir mal verraten, warum das ausgerechnet heute Nacht geschehen muss?«, fragte Sarah. Sie und Lolle hatten nun einen Kiosk erreicht, der gerade öffnete. Der Besitzer sah die zwei jungen Damen kurz an und schleppte dann einen weiteren Stapel Zeitungen in seine Bude.

»Weil ich möchte, dass die Flugblätter in der HDK liegen, bevor die ersten Studenten kommen«, erklärte Lolle. Und weil ich morgen früh vielleicht nicht mehr den Mut dazu habe ..., dachte sie, doch das behielt sie lieber für sich.

Die beiden betraten den Kiosk, und Lolle steuerte schnurstracks auf ein Kopiergerät zu, das zwischen Dosen, Kästen, Zeitungen und Schreibmaterial eingepfercht war. Sie legte den Entwurf ihres Flugblattes in den Automaten und warf Geld ein. Doch die Münzen fielen einfach durch, und Lolle versuchte es noch einmal. Wieder verweigerte das Gerät seinen Dienst ... dabei hatte Lolle für solche Pannen nun wirklich keine Zeit, denn die ersten Studenten kamen gegen acht Uhr dreißig, und das war bereits in zwei Stunden.

»Sieht so aus, als ob du schon zwei Stunden brauchst, bis das Ding überhaupt in Gang kommt«, bemerkte Sarah zu allem Überfluss.

Beim dritten Versuch nahm der Kopierer das Geld endlich an, und Lolle drückte erleichtert auf die »Start«-Taste. »Man muss nur Vertrauen haben.« Sie beobachtete, wie die Kopie langsam aus dem Gerät glitt, und drückte dann erneut die Taste.

Der Kopierer machte keinen Mucks. Auch beim zweiten und dritten Anlauf pfiff er auf das Vertrauen, das Lolle bis zu diesem Moment in ihn gesetzt hatte.

»Mistding!« Wütend trat sie mit dem Fuß gegen den bockigen Kasten, der daraufhin rhythmisch aufleuchtete und merkwürdige Geräusche von sich gab.

»Macht ganz der Eindruck, als ob er gleich zu seinem Heimatplaneten fliegt.« Sarah grinste.

Der Kioskbesitzer fand das, was Lolle mit seinem Kopierer gemacht hatte, dagegen gar nicht lustig. Drohend baute er sich vor ihr auf und starrte sie wortlos mit den stechendsten Augen an, die sie je gesehen hatte.

Ganz cool, Lolle, beschwor sie sich, Blicke können nicht töten. Hoffte sie jedenfalls, denn die des Kioskbesitzers wurden immer bösartiger.

»Sie ... Sie fragen sich jetzt sicher, was ich mit dem Kopierer gemacht hab«, stammelte Lolle und sah den Mann dabei entschuldigend an. »Und Sie wollen sicherlich, dass ich Ihnen den Kopierer ersetze ...«

Der Mann schwieg und heftete seine Augen erbarmungslos weiter auf Lolle.

»Und Sie glauben mir jetzt sicher auch nicht, dass hinter Ihnen gerade jemand in die Kasse greift.« Lolle blickte ihm über die Schulter. »Weil Sie glauben, dass wir dann an Ihnen vorbeilaufen und Sie mit dem kaputten Kopierer sitzen lassen.« Sie merkte, dass sie den Kioskbesitzer verunsichert hatte, aber trotzdem hielt er seinen Blick fest auf sie gerichtet.

»Aber an Ihrer Stelle würde ich mich doch mal umdrehen. Könnte ja sein, dass doch jemand in die Kasse langt«, fuhr Lolle fort. »Das Risiko ist, dass ich Recht haben könnte. Schließlich ist das hier Berlin.«

Der Mann überlegte kurz und gab dann dem Drang, sich zu vergewissern nach. Und tatsächlich! Lolle hatte ihn nicht angelogen: Soeben bediente sich ein Typ mit flinken Fingern aus der Kasse. Der Kioskbesitzer stürmte auf ihn zu wie ein wild gewordener Stier, woraufhin der Dieb die Flucht ergriff und aus dem Laden rannte. Der Kioskbesitzer setzte ihm heftig gestikulierend nach.

»Ich liebe diese Stadt.« Lolle nahm in aller Seelenruhe ihr Flugblatt aus dem Kopierer und steckte es wieder ein.

»Du musst dir wohl einen neuen Kopierer suchen«, meinte Sarah, doch Lolle hatte bereits einen anderen Plan.

»Ich glaube, eine Kopierkarte reicht.« Und zwar die von Alex. Also hieß es: wieder zurück in die WG und hoffen, dass sie Sven dort nicht in die Arme lief. Aber Lolle hatte Glück, und es gelang ihr, die Kopierkarte in Rekordzeit aus Alex' Portemonnaie zu nehmen und mit Sarah zur Uni zu sprinten.

Das ist kein Klauen, das ist ... das ist ... Lolle war nicht ganz wohl dabei, dass sie die Karte einfach so an sich genommen hatte. Das ist Ausleihen einer Kopierkarte, bei dem man dem Leihenden erst Bescheid sagt, wenn man sie wiederbringt ... wenn man es ihm überhaupt sagt ...

Schließlich erreichten sie einen Nebeneingang des Hochschulgebäudes, und Lolle zückte eine EC-Karte. Ganz routiniert schob sie diese in den Spalt zwischen Tür und Rahmen, um das Schloss zu öffnen. »Wenn man fast ein Jahr mit Rosalie zusammengelebt hat, kann man so was«, erläuterte sie der verblüfften Sarah ihr Vorgehen.

»Ich glaube, ich unterschätze dich manchmal«, gestand Sarah beeindruckt.

»Zu früh gefreut«, knurrte Lolle, denn sie hatte die EC-Karte soeben abgebrochen.

Ohne lange zu fackeln, schlug Sarah daraufhin die Glasscheibe ein und öffnete die Tür von innen.

»Ahhh!« Sven wollte gerade mit seinem Koffer zur Wohnungstür hinaus, als unverhofft Hart vor ihm stand.

»Ich freue mich auch, dich zu sehen«, erwiderte Hart auf den Schreckensschrei hin und griente. »Ich hab die ganze

Nacht durchgedaddelt und hab dann gedacht: Verabschiede ich mich doch von Sven.« Sein Grinsen wurde noch breiter. »Und abgesehen davon will ich wissen, wie es mit Lolle lief.«

Sven fand es zwar sehr nett, dass Hart tschüss sagen wollte, aber dass er nach Lolle fragte, fand er weniger nett. Wortlos zog er die Wohnungstür hinter sich zu und ging mit seinem Gepäck die Treppe hinunter.

»Jetzt sag bloß, du bist zu feige gewesen?«, rief ihm Hart hinterher.

So konnte man das nicht sagen. Sven hatte ja mit Lolle gesprochen. Aber sie nicht mit ihm. Denn er hatte ihr nur eine Nachricht auf dem Handy hinterlassen. »Du fragst dich sicherlich, warum ich dich anrufe«, hatte er gesagt und nach weiteren Worten gerungen. »Ja ... nun ... ich hab was zu sagen. Und wenn du das hörst, dann bin ich wohl schon in Los Angeles ... und ... und ... Ich liebe dich.« Mit unbeschreiblich viel Mut hatte er die letzten drei Worte herausgepresst.

»Das ist überhaupt nicht gut!« Hart war entsetzt, als er davon hörte und überzeugt, dass Sven sich so einen Korb erster Klasse einhandeln würde. »Du hast nur eine Chance, wenn du es ihr direkt sagst«, belehrte er den Freund. »Sie muss dich sehen, damit sie merkt, dass du was spürst.«

»Hör mal«, Sven sah ihn fragend an, »seit wann bist du denn ein Experte in Liebesdingen?«

»Sven«, fast mitleidig zog Hart die Augenbrauen hoch, »man muss kein Experte sein, um zu wissen, dass man seine Liebe nicht einer Mailbox gestehen sollte.«

Während Lolle und Sarah in der Uni am Schnellkopierer standen und die Flugblätter nur so durchsausten, fragte Sarah Lolle über Alex aus. Zum Beispiel, ob es sie denn nicht stören würde, dass ihr Freund Assistent an der Hochschule des Grauens war? Und ob er denn ansonsten perfekt sei? Wie seine Performance im Bett denn so wäre? Und ob er der Beste sei, den Lolle je gehabt hatte ... oder wenigstens einer unter den Top Ten?

Lolle nervten diese Fragen. Erstens waren sie ihr zu intim, und zweitens wusste sie zum Teil nicht, was sie darauf antworten sollte. Wenn eine Frau erst mit fünf Männern geschlafen hatte, dann konnte sie kaum eine Rangliste der besten Zehn aufstellen. Aber das ging Sarah nichts an. Und ebenso wenig musste sie wissen, dass Alex in dieser Hinsicht nur eingeschränkt der Beste war. Er teilte sich, wenn Lolle ehrlich war, diesen Platz nämlich mit Sven.

»Okay, wenn wir schon dabei sind«, drehte Lolle den Spieß um, »was ist eigentlich mit dir und Hart?«

Sarah war überrascht.

»Du fragst mich aus, ich frag dich aus«, meinte Lolle nur, und Sarah geriet für einen Augenblick ins Grübeln.

»Das ist nur fair. Ich glaube, ich habe mich in ihn verliebt«, gab sie schließlich zu.

»Im Ernst?« Bei manchen Dingen wusste Lolle noch immer nicht, wie sie Sarah einzuschätzen hatte.

»Im Ernst.« Sarahs Bekräftigung versetzte Lolle in Erstaunen.

»Hey, wie oft findet man einen Menschen mit Herz«, fügte Sarah zur Erklärung ihrer Gefühle hinzu.

»Und ...«, Lolle musste sich an diese Eröffnung gedanklich erst einmal gewöhnen, »... wie sieht Hart das?«

Hart, so schätzte Sarah ihn ein, hatte Angst. Es war ja auch so viel einfacher, sich nicht zu verlieben und allen damit verbundenen Irrungen und Wirrungen aus dem Wege zu gehen. Und deshalb hatte er sich ein Leben als lustiger Kumpel aufgebaut und wusste nicht mal, dass ihm etwas fehlte. Das musste zwar nicht unbedingt sie, Sarah, sein ... aber die Liebe ganz bestimmt.

»Wolltest du nicht Flugblätter verteilen?« Nach so viel Offenheit wurde Sarah das Thema nun doch ein wenig unangenehm.

Lolle nickte und ging wieder frisch ans Werk, während Sarah sich am Automaten einen Kaffee zog.

Wenig später ließ Lolle vom ersten Stock der Hochschule aus die Flugblätter in die Eingangshalle schneien und legte im Erdgeschoss noch welche auf die Bänke, bis nur noch ein einziges Flugblatt übrig war.

»Und was willst du mit dem? Willst du dir das einrahmen?« Sarah runzelte skeptisch die Stirn.

»Nein.« Die Vorfreude zauberte ein triumphierendes Lächeln auf Lolles Lippen. Denn das letzte Flugblatt war für einen ganz speziellen Menschen bestimmt! Hagen sollte ruhig lesen, dass sie seine Absetzung wünschte, und deshalb ging Lolle zu seinem Büro und schob das Pamphlet mit Wonne unter der Tür hindurch.

»Spartakus, Rosa Luxemburg, Lolle ...« Nachdenklich sah ihr Sarah dabei zu.

»Spartakus und Luxemburg wurden gekillt«, gab Lolle ihr Geschichtswissen zum Besten, und Sarah nickte.

»Du hast verstanden.«

»Ach, geh doch über Hart nachdenken.« Verärgert trottete sie den Gang entlang und zurück in die Halle. In einer knappen Stunde würden die ersten Studenten da sein, und auf die wollte sie warten.

»Du willst also mit eigenen Augen sehen, wie sich kein Schwein für deinen Aufruf interessiert?«, unkte Sarah weiter.

»Du bist echt ätzend.«

»Realistisch«, verbesserte Sarah.

»Sarkastisch«, entgegnete Lolle. Doch Sarah hielt sich eher für visionär.

»Nervig und wahrnehmungsgestört«, widersprach Lolle.

»Charmant«, rundete Sarah ihre Selbsteinschätzung ab. »Aber bevor uns die Adjektive ausgehen, gehe ich mal mit meinem Kaffee an die Luft.«

Gesagt, getan. Endlich allein sank Lolle in der Halle auf eine der Bänke.

Du hast alles richtig gemacht! Stolz blickte sie auf die überall herumliegenden Flugblätter. Das wird die Leute aufrütteln, dachte sie. Doch schon meldeten sich die ersten leichten Zweifel. Und wenn nicht? Ich meine, Hagen wird mich doch nicht wirklich von der HDK werfen, nur weil ich seine Absetzung fordere ... Sie schluckte und konnte ihre Skrupel plötzlich nicht mehr so einfach ignorieren.

Immerhin hatte sie das Flugblatt nicht mit ihrem Namen unterzeichnet, und deshalb konnte auch niemand wissen, dass sie dahinter steckte. Und wenn doch? Wie von der Tarantel gestochen sprang Lolle auf und fing an, die Flugblätter wieder einzusammeln.

Doch dann erwachte ihr Kampfgeist erneut. Nein, ich steh zu meiner Meinung!, nahm sie sich vor und legte die Blätter wieder zurück. Egal, was passiert. Auch wenn ich von der Hochschule fliege, auch wenn meine Eltern mir dann kein Geld mehr zahlen, auch wenn ich dann als Schuhverkäuferin ende und den ganzen Tag stinkende Schweißfüße um mich habe ... Andererseits ..., sie atmete tief durch und kratzte sich am Kopf, kann es ja auch nicht schaden, noch mal einen Tag darüber nachzudenken ...

Lolle bückte sich und klaubte die Flugblätter erneut auf.

»Kneifst du jetzt doch?« Sarah war zurückgekommen und sah Lolle milde lächelnd zu.

»Ähm ... nein«, plötzlich war es ihr peinlich zuzugeben, dass sie doch noch kalte Füße bekommen hatte. »Nein. Ich wollte die hier nur strategisch besser verteilen.« Mit Unbehagen legte sie die Flugblätter wieder aus.

»Ich hab hier übrigens Alex in der Leitung.« Sarah hielt Lolle ihr Mobiltelefon entgegen. »Er sagt, dein Handy ist auf Mailbox gestellt, deswegen hat er es bei mir versucht.« Sie grinste, während Lolle das Telefon entgegennahm. »Der ist gerade aufgewacht und denkt jetzt bestimmt, dass du mit Sven durchgebrannt bist.«

Lolle streckte ihr die Zunge raus und hielt sich das Handy ans Ohr.

»Hi, bist du Zigaretten holen und kommst erst in fünfundzwanzig Jahren wieder?« Alex war überaus verwundert, dass Lolle schon so früh unterwegs war, umso mehr, als er erfuhr, dass sie bereits in der Uni war.

»Um die Zeit? Du bist doch nicht etwa dort eingebrochen?« Er hielt seine Worte für einen gelungenen Scherz. Aber mit jedem Detail, das Lolle ihm über ihre nächtliche Aktion erzählte, blieb ihm mehr und mehr das Lachen im Halse stecken.

»Hör zu«, Alex hielt sich mit seinem Urteil bewusst zurück, »du musst wissen, was du tust. Aber wenn Hagen merkt, dass du das warst, dann hast du ein Problem ...«

Wer wirklich ein Problem bekommen würde, war nicht Lolle, sondern Alex. Schließlich – und das beichtete sie ihm nun auch – hatte sie für diese Aktion seine Kopierkarte benutzt. Und es war nicht schwer herauszufinden, mit wessen Karte nachts in rauen Mengen kopiert worden war. Und selbst wenn Lolle ihre Schuld offiziell eingestehen würde, würde sie Alex' Kopf damit nicht aus der Schlinge ziehen können. Denn Hagen würde das niemals akzeptieren, da er sich über jeden noch so kleinen Anlass freute, Alex eins auszuwischen.

Lolle traf diese Erkenntnis wie ein Hammerschlag. »Dann sollte ich die Flugblätter jetzt wohl schleunigst wieder einsammeln ...«

»Das wäre nett.« Alex schluckte seine Verärgerung hinunter und sprang bereits in seine Klamotten. »Kein Problem. Ich komm so schnell ich kann zu dir.«

Nachdem Alex aufgelegt hatte, wandte sich Lolle wieder an Sarah. »Ich bin die dümmste Kuh der Welt.«

Sie wartete vergeblich auf Einspruch.

Hagen traf für gewöhnlich mit den ersten Studenten hier ein. Also blieben ihnen noch knapp fünfundfünfzig Minuten Zeit, den Karren aus dem Dreck zu ziehen.

Bis Alex eintraf, war das meiste bereits erledigt, und die Flugblätter lagen wieder gestapelt auf einer Bank. Bis auf eines.

»Wir müssen nur noch das Ding holen, das ich unter Hagens Bürotür durchgeschoben habe«, kündigte Lolle an und machte damit Alex' anfängliche Erleichterung blitzschnell wieder zunichte.

»Mit dir ist wohl auch nichts einfach, was?« Es fiel ihm immer schwerer, sich nicht anmerken zu lassen, dass er stocksauer auf Lolle war.

»Immerhin haben wir noch vierzig Minuten.« Schuldbewusst ließ Lolle den Kopf hängen.

»Und einen Nachtwächter auf Rundgang.« Sarah deutete auf den Haupteingang, durch den ein großer, bulliger Typ in Uniform in die Halle trat. »Der sieht aus, als ob er kleine Kinder fressen würde.«

Aber das war, wie Alex gehört hatte, noch das Harmloseste, was der Kerl so tat.

»Hey! Was macht ihr da, ihr ...« Die Bezeichnung, die er für das Trio fand, war so deftig, dass Ozzy Osbourne gegen ihn wie ein Gentleman wirkte.

Lolle, Alex und Sarah rannten los, und der Nachtwächter setzte ihnen fluchend und schimpfend nach. »Bleibt stehen, ihr schwulen ...«

»Wir müssen uns verstecken!« Lolle blickte sich im Laufen um.

»Dafür haben wir keine Zeit.« Alex übernahm die Führung.

»Hagen kommt erst in vierzig Minuten«, wandte Lolle ein. »Wenn wir den Kerl rechtzeitig abschütteln und ...«

»Hagen kommt früher.« Vorsichtshalber legte Alex noch einen Zahn zu. »Hagen kommt immer pünktlich um acht Uhr zehn ins Büro. Nie früher, nie später. Immer um acht Uhr zehn.«

»Das sind dann noch ...«, Lolle fuhr der Schreck noch tiefer in die Knochen, »knapp zwanzig Minuten!«

»... ich sag dir, was Lolle denken wird.« Hart saß neben Sven im Wagen und redete ohne Pause auf ihn ein. »›Mein Gott‹, wird sie denken, ›ist der Typ feige!‹ Aber das ist noch nicht das Schlimmste ...«

»Nicht?« Sven gefiel gar nicht, was er da hörte, und er war von Harts Predigt schon ziemlich angeschlagen.

»Nein. Das Schlimmste ist ...«, prognostizierte Hart,

»dass Alex dich ständig viel sagend angrinsen wird, wenn du aus Los Angeles zurück bist. Nach dem Motto: Ich bin das stärkste Männchen weit und breit. Und das macht er dann die nächsten zwei Jahre ...«

Sven hatte genug gehört. Er trat auf die Bremse, machte einen harten U-Turn und gab wieder Gas.

»Hey!« Hart wurde im Sitz hin und her geworfen. »Was ist denn nun los?«

»Ich sorge dafür, dass Lolle die Nachricht niemals hört.«

»Aber dein Flug geht doch bald«, erinnerte ihn Hart und stützte sich zur Sicherheit am Armaturenbrett ab.

»Dann muss ich eben noch schneller sein.« Wild entschlossen trat Sven das Gaspedal noch weiter durch.

In einer Mischung aus Furcht und Frust zog Hart den Kopf ein. »Warum kann ich nie meine Schnauze halten?!«

»Ich kann mir bis zum Flug etwas Zeit abknapsen.« Im Affenzahn sauste Sven zurück durch die Stadt.

»Und wie viel Zeit willst du dir abknapsen?« Blass vor Angst kauerte Hart im Beifahrersitz.

»So etwa ...«, Sven schaute auf die Uhr, »zwanzig Minuten.«

»Ich schlag euch die Fresse ein, ihr ...« Der Nachtwächter verfügte über ein unglaubliches Repertoire an Tabu-Wörtern und zudem eine extrem gute Kondition. Ohne Luft zu holen gab er im Laufen unflätige Schimpftiraden von sich und rückte dabei immer weiter zu Lolle, Sarah und Alex auf.

»Wollen wir uns nicht doch verstecken?« Obwohl Lolles chaotisches Leben ein einziges Lauftraining war, war sie langsam am Ende ihrer Kräfte.

»Dazu haben wir wirklich keine Zeit«, stieß Alex hervor und rannte weiter.

Doch Sarah gab Lolle Recht. »Ich sehe nur eine Alternative zum Verstecken«, keuchte sie. »Und die besteht darin, sich die Fresse einschlagen zu lassen ...«

»Bleibt endlich stehen, ihr ...« Die Ausdrucksweise des

Nachtwächters hätte in jeder jugendfreien Fernsehsendung zu einem Dauerpiepton geführt.

»Wir laufen da rein!« Sarah zeigte auf eine Tür und gleich darauf waren die drei dahinter verschwunden. »Das bringt uns ein paar Sekunden.« Sie verriegelte das Schloss und sah sich dann dem Raum, in dem sie gelandet waren, um.

Der Raum war mehr ein Saal und überall standen Skulpturen, Installationen und Bilder ... und eines davon stach Sarah ganz besonders ins Auge: ein überdimensional großes, das nichts anderes als einen orangefarbenen Phallus zeigte – stark verfremdet zwar, aber dennoch gut erkennbar. Und daneben standen viele kleine Bilder mit demselben Motiv in jeweils anderen Farben. Lauter Phalli in Grün, Türkis, Rosa ...

»Lass mich raten«, Sarah schmunzelte, »wir sind in der Abteilung ›Freie Kunst‹.«

»Das sind Selbstporträts von Professor Frings«, erläuterte ihr Alex.

Doch Lolle wollte das gar nicht wissen.

»Aufmachen!«, brüllte der Nachtwächter und hämmerte wie ein Irrer gegen die Tür. Aber Aufmachen war auch nicht das, was Lolle wollte.

»Und wie kommen wir jetzt rechtzeitig in Hagens Büro?« Für Alex machte es keinen Sinn, sich im Kunstsaal zu verschanzen, während ihnen die Zeit unter den Nägeln brannte. Und Lolle musste ihm zustimmen. Sie ging zu einer der Skulpturen, schubste sie von dem Rollbrett, auf dem sie stand, und legte das Rollbrett dann vor die Tür.

»Wir machen auf und hoffen, dass er drauftritt und ins Schleudern gerät«, schlug sie vor.

»Haben wir's nicht noch 'ne Spur unrealistischer?« Wenn sie mehr Zeit gehabt hätten, dann hätte Sarah sich über diese Idee schlappgelacht. Und auch Lolle war klar, dass sie dafür keinen Originalitäts-Orden erhalten würde.

»Du kannst doch Aikido«, wandte sie sich an Alex.

Sarah nickte, doch sie entgegnete, dass dieser Kampfsport der Selbstverteidigung diente und nicht dem Selbstmord.

»Ich geh raus.«

Alex und Sarah sahen Lolle verdutzt an.

»Ich lass mich von ihm festnehmen«, erklärte sie ihr Vorhaben. »Dann könnt ihr in aller Ruhe das Flugblatt aus dem Rektorat holen.«

Aber auch das hielten die anderen nicht für eine gute Idee. So, wie der Nachtwächter drauf war, war schließlich mit allem zu rechnen, einschließlich einer Runde Knochenbrechen.

»Ich geh«, erklärte Alex heldenhaft, doch auch dieser Plan brachte sie nicht wirklich weiter. Immerhin wollten sie die Flugblätter wieder einsammeln, um zu verhindern, dass Alex von der Hochschule flog. Wenn er jedoch nun wegen Einbruchs festgenommen werden würde, dann flog er schneller von der HDK, als er gucken konnte.

»Und wenn du rausgehst, fliegst du«, meinte Alex zu Lolle.

»Okay, okay«, Sarah hatte kapiert. »Ich mach's. Irgendwie werde ich dem Kerl schon wieder entwischen. Versteckt euch derweil hinter dem orangefarbenen Penis.«

»Ich hätte nie gedacht, dass das ein Mensch mal zu mir sagt.« Alex nahm Lolle bei der Hand und zog sie mit sich hinter das Bild.

»Macht auf, ihr...!« Die Tür wackelte bedenklich unter den immer heftiger werdenden Tritten des Nachtwächters.

»Wie heißt das Zauberwort?« Sarah stellte sich so neben die Tür, dass sie das Schloss erreichen konnte.

Der Nachtwächter presste als Antwort nur eines seiner Schimpfwörter hervor.

»Knapp daneben«, entgegnete Sarah und verursachte damit jenseits der Tür einen Moment des Schweigens. »Bitte?«, meinte der Nachtwächter schließlich irritiert.

»Der Kandidat hat hundert Punkte.« Sarah öffnete die Tür und preschte an dem völlig verwirrten Nachtwächter vorbei.

»Vielleicht kommt ja auch alles ganz anders.« Hart saß nun wieder etwas unverkrampfter auf dem Beifahrersitz, denn Sven fuhr zwar noch immer schnell, aber nicht mehr so halsbrecherisch. »Vielleicht findet sie es gar nicht feige, dass du vor deiner Abreise ihrer Mailbox deine Liebe gestanden hast.«

»Meinst du wirklich?« Sven löste den Blick von der Straße und sah zu Hart.

»Nein«, meinte Hart ehrlich. »Es war Blödsinn, ihr auf die Mailbox zu sprechen.«

Enttäuscht sackte Sven in sich zusammen und hatte Mühe, sich wieder auf den Verkehr zu konzentrieren.

»Andererseits ...«, begann Hart, um ihn aufzumuntern.

»Ja?«

»Es gibt kein andererseits.«

Sven stöhnte leise. »Ich muss ihr Handy in die Finger kriegen.« Davon war er inzwischen fest überzeugt. »Wenn ich mein Liebesgeständnis aus ihrer Mailbox lösche, kann ich mir in L.A. in Ruhe überlegen, was ich mache.«

»Dazu müsstest du aber deinen Flieger bekommen«, erinnerte ihn Hart. »Denn wenn du den verpasst, verpasst du deinen Vortrag ... und wir die damit verbundenen Aufträge ... und damit auch die ...«

»Ich weiß!«, rief Sven aufgebracht.

»Wenn du das alles weißt, warum fährst du dann vom Flughafen weg?«, fragte Hart.

»Ich hab noch knapp fünfzehn Minuten, bevor ich zum Flughafen fahren muss.«

»Aber du hast keine Ahnung, wo Lolle steckt.« Hart hatte bereits den nächsten Einwand parat ... und Sven die nächste Lösung. Er rief Sarah auf dem Handy an und fragte sie nach Lolle. Sven war zwar reichlich verwundert, als er erfuhr, dass sich die Frau seiner Träume hinter einem orangefarbenen Penis versteckte, aber zumindest hatte er nun einen Anhaltspunkt. »Und wo ... wo ist dieser ...«

»Penis?« Sarah hatte weniger Hemmungen, die Dinge beim Namen zu nennen. »In der Hochschule.«

Sven beendete das Gespräch und gab wieder Gas. »Wenn wir uns beeilen, sind wir in fünf Minuten bei Lolle.«

»Und erleben dort unser orangefarbenes Wunder.« Ermattet sank Hart in die Polster und verdrehte die Augen.

»Es wäre echt nett, wenn ihr beiden mir hier...«, meinte Sarah, die dachte, Sven wäre noch in der Leitung. Doch die Verbindung war tot... und sie in Bälde wohl auch, denn der Nachtwächter, den sie kurz zuvor mit Mühe und Not abgehängt hatte, hatte sie in ihrem Versteck entdeckt.

Wie eine Wand ragte er plötzlich vor ihr auf und knackte genüsslich mit den Fingern.

»Ich hab gedacht, du hast die Flugblätter alle eingesammelt.« Vorwurfsvoll zeigte Alex auf eines der Pamphlete, das vor ihnen im Gang lag.

Nachdem die Luft rein gewesen war, hatten Lolle und er sich aus dem Kunstsaal geschlichen und waren nun auf dem Weg zu Hagens Büro. Angeblich lag dort ja das letzte und damit einzige Flugblatt, das noch von Lolles Aktion zeugen konnte. Aber wie es aussah, entsprach diese Auskunft nicht ganz der Wahrheit.

»Hab ich auch.« Lolle war selbst überrascht, wie dieses Flugblatt in den Gang kam. »Ich hatte sie alle auf eine Bank in der Aula gelegt.«

»Dann hat die wohl ein Geist verteilt.« Alex verlor allmählich die Nerven.

Lolle dachte sich ihren Teil. Bei dem Glück, das sie heute hatte, hätte sie selbst das nicht mehr gewundert. Und so wie es aussah, war Fortuna auch nicht gewillt, sie wenigstens für den Rest des Tages zu unterstützen. Im Gegenteil! Denn als sie in die Halle kamen, wartete bereits die nächste Überraschung. Die Flugblätter waren wieder flächendeckend dort und auf der Treppe verteilt.

»Ach du Scheiße!«, stieß Lolle aus – und das war wirklich

noch nett gesagt. Aber nicht einem Geist war diese Aktion zuzuschreiben, sondern Anja, der kleinen grauen Maus mit den großen Illusionen vom Bücherillustrieren.

Nachdem Lolle mit dem Gedanken gespielt hatte, Anja alles in die Schuhe zu schieben, trat sie – entsetzt von ihrer eigenen Unkollegialität – auf die Kommilitonin zu.

»Hi!« Anja hielt ihr begeistert eines der Flugblätter unter die Nase. »Hast *du* das Ding hier geschrieben?«

»Ähem ...«, unsicher schüttelte Lolle den Kopf, »tja ... nun ... ich ... nein.«

»Dann musst du dir das unbedingt mal durchlesen!« Anja war ganz aus dem Häuschen. »Ist echt super. Ich hätte nie gedacht, dass sich jemand mal so was traut.«

Lolle tat, als würde sie den Text zum ersten Mal lesen. »Ja, nicht schlecht.«

»Nicht schlecht?« Anja zog verständnislos die Augenbrauen zusammen. »Wer auch immer das gemacht hat, ist ein Held!«

Lolle fühlte sich geschmeichelt. »Glaubst du denn, dass die Studenten dadurch aufgerüttelt werden?«

»Glauben?« Anja warf den Kopf in den Nacken. »Ich *weiß* das!« Sie bedeutete Lolle, ihr zum Ausgang zu folgen. »Ich werde dir mal was zeigen. Komm mit.«

Als die beiden an Alex vorbeikamen, blieb Lolle stehen. »Ich geh nur kurz mit ihr.«

»Wir haben nicht viel Zeit, bis Hagen kommt«, mahnte Alex sie zur Eile.

»Eben. Aber solange ich mit ihr weg bin, kannst du die Flugblätter einsammeln.« Lolle schloss wieder zu Anja auf.

»Wir treffen uns immer eine halbe Stunde vor der Uni, um uns gegenseitig Mut zu machen, den Tag durchzustehen«, erzählte ihr Anja.

Lolle wurde neugierig. »Wer sind denn ›wir‹?«

Wir, das war ein armseliges Häufchen von insgesamt vier Studenten: Anja und drei weitere, die Hagen mit seiner niederträchtigen Art zu Ausgestoßenen gemacht hatte, und die nun vor der Hochschule auf Anja warteten.

»Los, erzählt Lolle eure Storys«, forderte sie ihre Leidensgenossen auf.

»Rektor Hagen hat mir gesagt, dass ich mit meinem Aussehen nie Karriere machen werde«, begann eine dicke Studentin.

»Und ich werfe jeden Tag Pillen ein, damit ich mit dem Prüfungsstress klarkomme«, berichtete ein Student, der permanent mit den Augen zuckte.

»Und ich habe Suizidfantasien«, gestand der letzte Student, der einfach nur grenzenlos traurig wirkte. »Manchmal hab ich einfach nicht mehr die Kraft, für meinen Traum zu kämpfen.«

»Was ist denn dein Traum?« Lolle versuchte, ihn mit einem Lächeln zu ermutigen.

»Du wirst ihn albern finden«, fing er an. »Wie alle.«

Aber Lolle fand seinen Traum absolut nicht albern, denn der traurige Student wollte Comics zeichnen, genau wie Lolle.

»Ist das wirklich wahr?«, freute er sich, eine Mitstreiterin gefunden zu haben. »Willst du meinen Comic mal sehen?« Er holte ein paar Originalentwürfe aus seiner Tasche und reichte sie stolz Lolle. »Peter und Paul – Geschichten aus der Bohnenwelt.«

»Bohnenwelt?« Lolle sah sich die Zeichnungen an, die eine große Portion Originalität, wenn nicht Talent vermissen ließen, selbst, wenn man sie mit größtmöglicher Toleranz beurteilte.

»Ja.« Der traurige Student beobachtete sie dabei. »Es geht um Peter und Paul und ihr Liebesleben. Ist viel von mir drin.«

Lolle wusste nicht, was sie sagen sollte.

»Es gefällt dir nicht, oder?«, schloss der traurige Student aus ihrer unschlüssigen Miene.

»Nun ... also ... na ja ...«

Aber Lolle brauchte nicht zu lügen, denn der traurige Student war mit seinem Stil, wie er selbst berichtete, bei noch niemandem so recht auf Begeisterung gestoßen.

»Und es ist verdammt hart, wenn er gar keinem gefällt«, fügte er hinzu und schluckte. Dann riss er sich zusammen und fragte Lolle: »Und was zeichnest du für Comics?«

»Na ja«, Lolle überlegte, »ich versuche mich mit einzelnen Zeichnungen und so.«

»Also keine ganzen Geschichten?« Der traurige Student wirkte enttäuscht.

»Na ja...«, sie zuckte verlegen mit den Schultern, »hab ich früher viel gemacht, im Moment jedoch nicht.«

»Das heißt also, du zeichnest gar keine Comics.«

Nun war es Lolle, die schluckte, denn er hatte die Wahrheit auf den Punkt gebracht. »Nein, in letzter Zeit nicht mehr«, gestand sie niedergeschlagen.

»Aber Lolle kann uns allen helfen. Lest mal, was sie geschrieben hat.« Anja zeigte dem Bund der Verstoßenen die Flugblätter.

»Ich hab das nicht geschrieben«, protestierte Lolle, doch sie konnte Anja nichts vormachen.

»Die Tür war aufgebrochen«, sagte das Mädchen, »die Flugblätter lagen rum, und du warst in der Aula... wer soll es sonst geschrieben haben?«

»Na ja... ähem... der Nachtwächter?« Etwas Besseres fiel Lolle nicht ein. Aber als sie die hoffnungsvollen Gesichter der drei Studenten sah, die sich und ihre Ideale in ihrem Flugblatt wieder fanden, gab es auch keinen Grund mehr zu leugnen.

»Was meint ihr, Leute«, fragte Anja ihre Verbündeten, »wollen wir Lolle helfen, ihre Forderungen durchzusetzen?«

Alle drei antworteten mit einem begeisterten »Ja!«.

»Vergiss es!« Sven hielt absolut nichts von der so genannten Superidee, die Hart gerade wieder einmal gehabt hatte. Er hatte sie auch gar nicht hören wollen, aber wie immer war Hart nicht zum Schweigen zu bringen gewesen.

»Ich hab immer gedacht, was ich sage, geht bei dir zum einen Ohr rein und zum anderen raus«, hatte Sven zu ihm gesagt. »Aber das stimmt nicht. Wenn es so wäre, wäre es schön. Denn dann wäre es wenigstens mal in deinem Kopf gewesen. Aber ich glaube, du hast einen Schutzschirm so zwanzig Meter vor dem Schädel.« Pantomimisch hatte Sven den Schirm angedeutet. »Und an dem prallen die Worte einfach ab. Ping. Ping. Ping Ping. Ohne dass dich überhaupt je was erreicht. Einfach so. Ping, Ping, Ping!«

»Also, meine Idee ist folgende ...«, hatte Hart daraufhin unbeirrt losgelegt. »Ich werde für dich nach Los Angeles fliegen und dort den Vortrag halten. Immerhin kann ich besser Englisch als du – und das spricht eindeutig für meinen Plan«, fügte er hinzu. »Änd sis is wei wie sink sat se program we have is se best«, äffte er Sven nach.

»Ach, komm, so schlimm ist es nun auch nicht!«, hatte Sven protestiert.

»Stimmt. Du sprichst noch schlimmer«, hatte Hart erwidert. »Aber das Beste an meinem Plan ist, dass du dann genug Zeit hast, um alles mit Lolle zu klären.«

»Na ja ...« Diese Argumentation ließ die Idee schon etwas freundlicher erscheinen, fand Sven.

»Was gibt's denn da noch zu überlegen?!« Hart witterte seine Chance. »Ich mach in L.A. einen Superjob. Ich werde uns massenhaft Aufträge an Land ziehen.«

»Und wie willst du das schaffen?«, hakte Sven skeptisch nach.

»Ich lass einfach meinen Charme spielen.«

»Vergiss es!«, meinte Sven kategorisch und ließ volle Kraft den Motor aufheulen.

»Du willst die Blätter wieder verteilen?« Alex war nicht amüsiert, als er von Lolles Vorhaben hörte.

»Wenn wir alle zusammenhalten, kann uns doch gar nichts passieren«, versuchte sie ihn zu beruhigen. »Hagen kann ja schlecht uns alle von der Hochschule werfen.«

Alex' Blick sprach Bände.

»Kann er doch?«, forschte Lolle eingeschüchtert nach.

»Hör zu, ich hab hier vier Jahre lang wie ein Verrückter

geschuftet, um etwas zu schaffen. Und ich hab keine Lust, das alles aufs Spiel zu setzen für einen Haufen Leute, die irgendwie nicht klarkommen.« Er zeigte auf Anja und ihre Leidensgenossen, die nun ebenfalls in der Halle standen. »Ich lasse mir jedenfalls nicht wegen eines Flugblattes meine Zukunft vermasseln.«

»Ich will dir auch nicht die Zukunft vermasseln«, meinte Lolle konziliant, aber Alex hatte genug von alldem. »Dann lass bitte den Mist!«, wies er sie harsch zurecht.

»Vielleicht kann ich helfen.«

Im Eifer des Gefechts hatten die beiden gar nicht bemerkt, dass Sarah hinzugekommen war, und waren nun entsprechend überrascht.

»Sarah? Was ist mit dem Nachtwächter?«, erkundigte sich Lolle.

»Er hatte ein frustrierendes sexuelles Erlebnis.« Sarah grinste viel sagend ... Im Klartext hieß das, dass sie ihm in ihrer Not eine heiße Nummer versprochen hatte, bei der es so richtig hart und schmutzig zur Sache gehen sollte. Und als der Nachtwächter sich dann auf Sarahs wollüstig klingende Aufforderung hin seinen Pulli über den Kopf gezogen und für eine Sekunde nichts gesehen hatte, hatte sie ihn mit einem gekonnten Handkantenschlag K.o. gesetzt. Und nachdem dieses Problem fürs Erste beseitigt war, konnte sie sich nun getrost dem nächsten zuwenden. Und zwar dem von Alex.

»Dein Problem ist doch, dass die Schulleitung herausfinden kann, dass die Kopien für die Flugblätter mit deiner Kopierkarte gemacht wurden?«, stellte sie fest und nahm Alex mit, um ihm zu zeigen, was sie unter aktiver Problemlösung verstand. Sofort eilte Lolle hinter den beiden her.

Sie gingen zu dem Schnellkopierer, an dem Lolle die Flugblätter vervielfältigt hatte, und Sarah zeigte auf die Stelle, an der man die Karte einsteckte: ein am Gerät angebrachter länglicher, schwarzer Kasten. »Also hier drin ist gespeichert, dass das Kopiergerät heute Nacht mit deiner Karte gefüttert wurde?«

»Richtig«, bestätigte Alex.

Mit einem weiteren Handkantenschlag brach Sarah den Kasten ab. »Jetzt nicht mehr.« Cool stemmte sie die Hände in die Hüften. »Jetzt kannst du deine Revolution anzetteln«, meinte sie zu Lolle, die ebenso wie Alex noch immer mit offenem Mund dastand. »Wenn du noch den Mut dazu hast.«

»Klar hab ich den.« Lolles Antwort klang überzeugter als sie tatsächlich war. Aber sie hatte auch nicht den Mut, einen Rückzieher zu machen. »Ich ... ich steh zu meiner Meinung«, setzte sie daher notgedrungen hinzu.

»Willst du wirklich für die Typen da draußen dein Studium riskieren?« Alex unternahm einen erneuten Versuch, an Lolles Vernunft zu appellieren.

»Ich will es für mich riskieren«, sagte sie ernst. »Aber das kannst du nicht verstehen, du hast ja keine Träume.«

»Klar, hab ich welche«, begehrte Alex auf. Und zwar nicht, wie Lolle annahm, in einer Werbeagentur Chef zu werden, sondern mit dem Zeichnen Geld zu verdienen. »Nur ist mir klar, dass ich mit meinen Bildern nichts verdienen kann. Deswegen habe ich meinen Traum der Realität angepasst.«

»Ich hab aber keine Lust, meinen Traum der Realität anzupassen«, entgegnete Lolle trotzig.

»Du meinst, die Realität soll sich deinem Traum anpassen, oder was?« Über so viel Naivität konnte Alex nur noch den Kopf schütteln.

»Und?« Lolle nahm Alex den Packen Flugblätter wieder aus der Hand. »Was ist daran falsch?« Entschlossen stapfte sie davon.

»Es gibt nichts, was ich mehr hasse, als wenn er so redet.« Lolle hastete durch die Halle. Doch nur wenig später wusste sie etwas, das sie doch noch mehr hasste – und das war, wenn Alex Recht hatte.

Zu allem Überfluss war der Kioskbesitzer plötzlich in der HDK aufgetaucht und hatte Lolle wieder mit seinem mörderisch-stechenden Blick angesehen.

»Okay, okay«, hatte sie beschwichtigend zu ihm gesagt, »Sie haben das Flugblatt gefunden und sind nun hergekommen, damit ich Ihnen den Kopierer ersetze, den ich kaputtgetreten habe.« Doch der Mann hatte nur geschwiegen und sie weiterhin unverwandt angestarrt. »Ich nehme an, das heißt ›ja‹«, hatte Lolle für sich übersetzt und war schon drauf und dran, loszurennen. Aber dann war ihr schlagartig klar geworden, wie oft sie schon auf der Flucht gewesen war, und dass sie nicht ihr ganzes Leben damit verbringen konnte wegzulaufen.

»Also«, einem Vulkanausbruch ähnlich waren die Worte aus ihr herausgesprudelt, »ich hab die ganze Nacht nicht geschlafen, einen brutalen Nachtwächter ausgetrickst und mich mit meinem Freund gestritten«, schleuderte sie dem Mann entgegen. »Und das Letzte, was ich brauche, ist ein beknackter Kioskbesitzer, der mich die ganze Zeit nur so anglotzt.« Sie hatte den stechenden Blick des Mannes so übertrieben nachgeahmt, dass es beinahe komisch gewirkt hatte. Trotzdem hatte dieser kein Wort erwidert. »Meine Fresse, sind sie stumm oder was?!«, hatte Lolle ihn daraufhin angefaucht, und der Kioskbesitzer hatte genickt.

»Oh, sorry.« Lolles Wut war spontan einem Gefühl der Scham gewichen. Und dann war ihr eingefallen, wie sie dem armen Mann auch ohne Geld zu einem neuen Kopierer verhelfen konnte. Sie hatte ihm bedeutet, ihr zu folgen und war dann mit ihm zurück zum Schnellkopierer gegangen.

»Das ist Diebstahl, Lolle«, hatte Alex beschwörend auf sie eingeredet, während der Mann das Gerät eingehend inspizierte. Und Lolle hatte mit größter Überwindung zugeben müssen, dass Alex Recht hatte. Auch wenn es mit der Uni keinen Armen traf und sie selbst kein Geld hatte: Den Kopierer zu klauen war keine Lösung.

Lolle dachte gerade noch schmollend darüber nach, wie sie sich und dem Kioskbesitzer stattdessen aus der Patsche helfen konnte, als ein gellender Schrei ertönte. »Ahhh!!!«, hörten sie eine männliche Stimme, und es folgte ein lautes Krachen. »Verdammter Mist!«

»Das war Hart!« Sarah hatte die Stimme sofort wieder erkannt. »Den höre ich unter Tausenden heraus«, erklärte sie Lolle. »Du hörst sie zwar öfter, dafür höre ich sie lieber.« Besorgt rannte sie los, um zu sehen, was mit Hart passiert war. »Es reicht, wenn Alex mitkommt«, rief sie Lolle noch zu. »Verteil du derweil deine Flugblätter.«

Lolle nickte und schlenderte gedankenverloren los.

Der Kioskbesitzer streichelte unterdessen glücklich den Kopierer.

Wenn Hart hier ist, ob dann auch Sven da ist?, grübelte Lolle. Ich meine, er wollte über uns reden. Aber es gibt doch kein Uns ... das ist Unsinn ... Uns ... Unsinn? Stammt das Wort ›uns‹ von Unsinn? ... Wenn ja, würde es wenigstens erklären, warum ein ›Uns‹ immer so kompliziert ist ... Sie konnte vom Gang aus in die Halle sehen. »Au Scheiße!« Ihre Frage nach Sven hatte sich soeben beantwortet. Blitzschnell drehte Lolle um und flitzte zurück in die andere Richtung, bevor Sven sie ebenfalls entdecken konnte.

»Das kam von hier.« Sarah und Alex mussten nicht lange nach Hart suchen. Er stand im Kunstsaal und kämpfte mit dem Bild »Blauer Penis«, in dem er mit seinem Kopf steckte.

»Wie ist das denn passiert?« Alex konnte ein Grinsen nicht unterdrücken.

»Irgendein Idiot hat ein Rollbrett hierher gelegt.« Hart zerrte vergeblich an dem Bild um seinen Hals und wurde immer wütender. »Wollt ihr mir jetzt raushelfen oder nur blöd rumglotzen?«

»Wenn du mich so fragst«, Alex hätte gute Lust gehabt, noch eine Weile zu glotzen, doch Sarah schickte ihn zurück zu Lolle.

»Und wie ist es so in einem blauen Penis?« Sie zwinkerte Hart verschwörerisch zu, nachdem Alex die Kunstklasse wieder verlassen hatte.

»Heilige Scheiße!«, meinte Hart erschüttert. »Ich stecke

in einem blauen Penis? Würdest du mir bitte schleunigst da raushelfen?«

»Nein.« Sarah grinste zufrieden.

»Warum nicht?«

»Weil du gerade etwas hilflos bist. Und ich das ausnutzen will, um etwas klarzustellen.« Gemächlich schritt sie auf ihn zu.

»Und was?« Langsam wurde Hart panisch.

»Das.« Sarah nahm sein Gesicht in ihre Hände und küsste ihn. Lang, hingebungsvoll und zärtlich. »Und der nächste Schritt ist deiner.« Sie ließ von ihm ab und ging aus dem Saal.

Völlig benommen sah Hart ihr durch das zerstörte Bild hindurch nach.

Nachdem Lolle unter den enthusiastischen Zurufen ihrer Mitstreiter die Flugblätter wieder verteilt hatte und diese nun zum dritten Mal an diesem Morgen den Boden der Eingangshalle bedeckten, machte sie eine ernüchternde Erfahrung: Der Weg von der gefeierten Anführerin zur einsamen Heldin war sehr kurz. Denn kaum hatte sie vorgeschlagen, auf Basis des Flugblattes eine Unterschriftensammlung durchzuführen, versiegte auch schon der Tatendrang der drei unter Hagen leidenden Studenten. Weder die Dicke noch der Nervöse oder der Traurige wollten mit ihrem Namen zu Lolles Forderungen stehen.

Mit den Worten »Verdammt, ich glaube, ich hab zu Hause meine Herdplatte angelassen«, verdrückte sich der Nervöse, und der Traurige schloss sich unverzüglich an: »Warte, ich kann dich nach Hause fahren ...« Und auch die Dicke machte sich zügig aus dem Staub. »Warte! Mein Auto ist schneller als deins ...«

Lolle sah Alex in der Halle stehen und ging enttäuscht zu ihm. »Hast du das gerade mitbekommen?«

Er nickte und verkniff sich einen entsprechenden Kommentar. Kein ›Ich hab's ja gewusst – das war 'ne saudumme

Idee – aber mir glaubst du ja nicht«. Er sah sie nur mitfühlend an.

»Hagen kommt gleich in sein Büro.« Lolle kniff die Lippen zusammen und deutete auf die herumliegenden Flugblätter. »Ich schaff es niemals, die alle noch mal einzusammeln und das Exemplar aus seinem Büro zu holen. Und wenn ich am Ende ganz allein dastehe, dann kann ich hier einpacken.«

»Du musst doch niemandem sagen, dass du das geschrieben hast.« Alex wollte ihr einen Ausweg zeigen. »Dann wird dir auch nichts passieren.«

Anja, die die ganze Zeit im Hintergrund gestanden und das Gespräch der beiden mit angehört hatte, trat nun zu ihnen.

»Es gibt nur eines, das widerlicher ist als Leute, die keine Ideale haben«, sagte sie zu Lolle. »Leute, die ihre Ideale verraten.« Sie warf sich in die Brust und reckte selbstbewusst das Kinn in die Luft. »Ich werde zu Hagen gehen und ihm sagen, dass ich das Blatt geschrieben habe und für meine Ideale kämpfen. Und für deine auch.« Heroisch rauschte sie davon, und Lolle sah ihr mit schlechtem Gewissen hinterher.

»Die Jeanne d'Arc für Arme«, spöttelte Alex. Doch als er Lolles Blick sah, hielt er sich mit weiteren Bemerkungen zurück und wollte sie tröstend in die Arme nehmen. »Hey, das ist ihre Entscheidung ...«

»Lass mich bitte allein.« Lolle wandte sich von ihm ab und ging davon. Was sie jetzt dringend brauchte, war frische Luft und ein paar klare Gedanken.

Als Lolle vor die HDK trat, sah sie in einiger Entfernung den Schnellkopierer auf dem Weg stehen. Der Kioskbesitzer hatte das gute Stück zwischenzeitlich dort hingeschoben. Sie atmete tief durch und sah auf die Uhr.

Wenn sie Anja nicht aufhielt, dann flog diese für etwas von der Uni, das Lolle zu verantworten hatte. Nur weil sie selbst zu feige war. »Au Mann«, seufzte sie, »warum kann ich mich nicht mal in angenehme Situationen bringen?«

Genervt trat sie gegen eine Dose, die vor ihr auf dem Boden lag.

»Au!«

Lolle zuckte zusammen, als sie den Aufschrei hörte, denn sie hatte Professor Hagen getroffen.

»Frau Holzmann«, meinte dieser in schmierigem Tonfall, »das ist ja ein netter Empfang für ihren Direktor.«

»Das ... das war keine Absicht«, entschuldigte sie sich rasch.

»Sie können das gern mit einem Abendessen wieder gutmachen«, meinte er mit einem anzüglichen Grinsen. »Überlegen Sie es sich, die Entscheidung liegt ganz bei Ihnen.« Dann bemerkte er den Kopierer. »Und derjenige, der das Ding da hingestellt hat, hat heute einen ganz schlechten Tag.« Er ging in das Gebäude, und Lolle blieb allein zurück. Zum Glück – denn so konnte Hagen nicht sehen, wie der Kioskbesitzer mit seinem Kastenwagen vorfuhr, um den Schnellkopierer einzuladen.

Zu allem Überfluss kam nun auch noch Sarah herbeigerannt. »Du, da ist ...«, begann sie, doch sie drang nicht bis zu Lolle durch.

»Ich kann nicht«, erwiderte sie geistesabwesend. Wie in Trance drehte sie sich um und wollte wieder das Gebäude der HDK betreten, als sie mit jemandem zusammenstieß. Sie blickte auf und sah direkt in die Augen von ...

»... Sven.« Achselzuckend beendete Sarah ihre Ankündigung.

»Hi, du bist sicher überrascht, mich jetzt hier zu sehen«, sagte Sven hastig, nachdem Sarah verschwunden war.

»Na ja, wenn ich ehrlich bin, nicht«, gab Lolle zu. »Ich hab nämlich eben ...«

Sven erschrak. »Mein Gott, du hast die Mailbox abgehört.« Jetzt war alles zu spät. Er hatte seine Chance, sich ihr Handy zu beschaffen und die Nachricht zu löschen, verpasst! »Also, was ich da eben draufgesprochen hab, ich meine, dass ich dich liebe und so, das war so aus dem Moment heraus ... weißt du ...«

»Was hast du draufgesprochen?« Lolle fiel aus allen Wolken.

»Du ...«, Sven schwante Fürchterliches, »du hast die Mailbox nicht abgehört?«

»Nein.« Obwohl Lolle zu Boden starrte, erkannte Sven, wie sehr er sie durcheinander gebracht hatte.

»Und du? Fühlst du noch was für mich?«, setzte er mutig zu einem neuen Vorstoß an.

Ja, dachte Lolle, hielt es aber für klüger, darüber zu schweigen. Denn wenn sie das jetzt sagte, stürzte sie sich, Sven und Alex nur noch mehr ins Chaos. Langsam und traurig schüttelte sie deshalb den Kopf und sah wieder zu ihm auf.

»Gut.« Sven sah sie ebenfalls bekümmert an. Dann riss er sich los und ging.

»Lolle?« Harts Kopf steckte noch immer in dem Bild mit dem blauen Penis. »Kannst du mir vielleicht raushelfen?«

»Nein!« Lolle rannte an ihm vorbei ins Gebäude.

»Lolle ...« Diesmal war es Alex, doch auch er fand kein Gehör.

Auf direktem Wege lief Lolle ins Büro von Professor Hagen. Doch der hatte bereits Besuch.

»Professor Hagen, das ist ...«, sagte Anja gerade zu ihm, nachdem Hagen das Flugblatt gefunden und gelesen hatte.

»Von mir geschrieben!« Schnaufend trat Lolle Anja auf den Fuß, um sie zum Schweigen zu bringen.

»Ja, das stimmt.« Anja nickte. »Mich hat der Mut verlassen«, flüsterte sie der überraschten Lolle zu.

Lolle war fassungslos. Aber das, was Hagen ihr dann sagte, machte sie nur noch fassungsloser.

»Wenn Sie so denken, Frau Holzmann«, meinte er und schwenkte das Flugblatt in der Luft, »gibt es eigentlich nur zwei Alternativen: Sie verlassen die Hochschule, oder ich ändere Ihnen zuliebe alles hier.« Er lächelte und hob eine Augenbraue. »Dreimal dürfen Sie raten, was wahrscheinlicher ist.«

»Es war gut so.« Sven war wieder in sein Auto gestiegen und Hart saß neben ihm. Noch immer steckte sein Kopf in der Leinwand des Bildes »Blauer Penis«.

»Äh ... was?«, fragte er nach.

»Dass sie mir den Korb gegeben hat. Jetzt hab ich keine Hoffnung mehr.«

»Und das ist gut?« Für Hart fehlte da irgendwie die Logik.

»Besser als sich weiterhin vergebens Hoffnungen zu machen.« Sven legte die Hände aufs Lenkrad und starrte unverwandt nach vorne.

»Ich glaub, ich fang besser gar nicht erst mit diesem ganzen Liebesschwachsinn an«, murmelte Hart.

Es war gut so. Auch Lolle war letztendlich zu dieser Ansicht gelangt.

Sie war zwar von der HDK geflogen und kam mit ihren Gefühlen gegenüber Sven nicht klar. Aber sie war ihrem Traum treu geblieben und hatte ihn nicht der Realität angepasst. Und das war für einen Menschen wie sie extrem wichtig. Sogar Alex hatte das mittlerweile erkannt. »Ob es dir passt oder nicht«, hatte er sie aufgemuntert und sie dabei liebevoll angelächelt, »du hast jetzt nur noch eine Wahl: Du musst endlich deinen Traum leben.«

Und in solchen Situationen hasste sie es kein bisschen, wenn Alex Recht hatte.

Lolle setzte sich zu Hause an ihr Zeichenbrett und zeichnete, bis der Morgen graute. »Love and other complications«, ihr erster Comic seit langem. Glücklich betrachtete sie das Cover und das mit einer kompletten Bildergeschichte gefüllte Blatt.

Ich lieb dich nicht, du liebst mich nicht

Lolle hatte eine Menge Gründe, mit Alex glücklich zu sein: Er war aufrichtig, immer für sie da, wenn es ihr schlecht ging, und er küsste saugut. Dagegen gab es nur *einen* Grund, der nicht für ihr Glück mit Alex sprach ... und das war Sven. Deshalb verdrängte Lolle ihre Gefühle für Sven, um weiter mit Alex glücklich zu sein. Denn Alex war wirklich das Beste, was ihr passieren konnte. Das hatte sie gerade eben im Comicladen wieder festgestellt. Auf ihn konnte sie sich einfach blind verlassen.

»›Ihre Zeichnungen beweisen Talent, passen aber leider nicht in unser Verlagsprogramm‹«, hatte sie ihm aus dem Brief vorgelesen, den sie auf eine ihrer Bewerbungen hin erhalten hatte. Alex hatte daraufhin versucht, sie zu trösten. »Immerhin gefallen ihnen deine Zeichnungen«, hatte er gemeint. Und Lolle hätte ihm auch beinahe geglaubt, wenn da nicht Lenny mit seiner gnadenlosen Ehrlichkeit gewesen wäre. »Tun sie nicht«, hatte er Lolle ernüchtert. »Das sind Standardbriefe mit Standardformulierungen. Sieht man an der vorgedruckten Unterschrift.«

»Verdammt!«, für Lolle war eine Welt zusammengebrochen, »wenn das stimmt, krieg ich nie 'nen Zeichenjob und verhungere«, hatte sie sich ihre Zukunft in den dunkelsten Farben ausgemalt.

Im Comicladen verdiente sie schließlich nicht genug, und heute Morgen hatte ihr ihre Mutter wie erwartet die finanzielle Unterstützung gestrichen, da Lolle die HDK geschmissen hatte. Ihre Mutter war darüber so sauer gewesen, dass sie vor Wut ihr Handy aus dem Auto geschmissen hatte. Mit dem Ergebnis, dass Lolle den Rest des Gespräches mit dem Radfahrer hatte führen müssen, den ihre Mutter damit versehentlich getroffen hatte.

Lolle hatte sich nach diesem nicht besonders erbaulichen Vormittag, der durch die Absage des Verlages noch gekrönt worden war, danach gesehnt, dass Alex sie in den Arm nehmen würde. Und was hatte er getan? Genau das. Und als sie sich in Gedanken gewünscht hatte, dass er auch noch etwas sagte, dass sie aufrichtete, musste sie nicht lange warten. »Der Weg, den du gehst, ist absolut richtig«, hatte er sie motiviert. Aber Lolle war noch nicht zufrieden gewesen und hatte insgeheim noch einen dritten Wunsch an ihn gerichtet: Alex sollte sie zum Lachen bringen. Und kaum dass sie daran gedacht hatte, zwinkerte er ihr zu und versprach liebevoll, dass er für sie immer eine Tütensuppe übrig hätte. Und nachdem er ihr damit ein zartes Lachen abgerungen hatte, hatte er sie an sich gedrückt und hingebungsvoll geküsst. Was konnte sich eine Frau also mehr wünschen ...

All dies ging Lolle durch den Kopf, während sie die Treppen zur WG hinaufstieg. Als sie oben angekommen war, stand ganz unvermittelt Hart vor ihr. »Hey, hast du Lust mit mir zu Tuhan zu gehen?«

»Später vielleicht. Ich will noch was zeichnen.« Lolle wunderte sich zwar über seinen überfallartigen Empfang, aber von Hart war sie ja so einiges gewöhnt.

»Nein, das willst du nicht«, widersprach er ihr energisch.

»Doch, will ich.« Lolle lächelte.

»Nein, willst du nicht.« Hart blieb beharrlich.

»Doch.« Irritiert schob sie Hart zur Seite und öffnete die Wohnungstür.

»So, Sven«, hörte sie gleich darauf eine rauchige weibliche Stimme, »jetzt bekommst du den Sex deines Lebens.«

Lolle stockte der Atem.

»Was hab ich gesagt?« Verlegen zuckte Hart mit den Schultern.

»Ach, weißt du«, Lolle nahm all ihre Kraft zusammen und gab sich betont souverän, »Sven kann den Sex seines Lebens haben, so lange er will. Das interessiert mich nicht.« Sie nickte Hart zu und betrat tapfer die Wohnung.

Sven hatte im Flugzeug eine Frau kennen gelernt und sie ganz entgegen seiner sonstigen Art gleich mit nach Hause genommen. Und da Hart wiederum ganz so, wie es seine Art war, hinter der Wohnungstür gelauert und durch den Spion gespäht hatte, war ihm die Ankunft der Dame nicht entgangen. Sie war eine gefährliche Mischung aus Karrierefrau und Vamp, eine geballte Ladung Erotik, der selbst Sven nicht hatte widerstehen können. Mit ihren lasziven Bewegungen und anzüglichen Bemerkungen hatte sie ihn geradewegs in ihr Netz gelockt.

Hart fragte sich, was Sven mit so einer Frau, einer buchstäblichen Männermörderin, wollte. Und als er ihn darauf angesprochen hatte, hatte Sven nur gemeint: »Du hast doch gesagt, ich soll mich ablenken, damit ich nicht mehr an Lolle denke.«

Die Dame war während dieser kurzen Unterredung schon mal in die Wohnung gegangen und in Windeseile in etwas Gemütlicheres geschlüpft ... was für sie bedeutete, dass sie nun nichts mehr unter ihrem Mantel trug. Und das hatte sie Sven, ganz unbeeindruckt davon, dass Hart alles hatte mithören können, auch sofort wissen lassen ... und ihn dann mit sich gezogen, um ihm zu verkünden, was auch Lolle nun wusste: Dass Sven gleich den besten Sex seines Lebens bekommen würde.

Das interessiert mich nicht, das interessiert mich nicht ... Lolle versuchte die Anwesenheit dieser Frau einfach zu ignorieren. Sie ging in ihr Zimmer, setzte sich ans Zeichenbrett und begann zu arbeiten. Aber sie wurde durch die Stimmen und das Gelächter, das zu ihr drang, immer wieder in ihrer Konzentration gestört.

»Das ...«, seufzte sie, »halte ich nicht mehr aus!«, hörte sie plötzlich aus der anderen Ecke des Raumes ihre eigene Stimme. »Warum macht er nur so eine Scheiße?«

Lolle drehte sich verdutzt um und sah sich selbst auf dem Bett sitzen.

»Guck nicht so, als ob du mich noch nie gesehen hättest.« Ihre Kopie war nicht gerade ein Ausbund an Freundlichkeit.

»Das ...«, Lolle schluckte und blinzelte, um sicherzugehen, dass sie wach war und es sich auch nicht um eine Halluzination handelte, »... das hab ich auch nicht. Ich meine, doch ... aber nicht so ... Wer bist du?«

»Ich bin der Teil von uns, der Sven liebt.«

»Und ... was machst du hier?«

»Mich nicht mehr von dir unterdrücken lassen.« Wild entschlossen und zu allem bereit, starrte ihre Kopie sie an.

»Hör zu«, Lolle fand es zwar extrem seltsam, mit sich selbst zu diskutieren, aber so, wie ihr Gegenüber sie vom Bett aus anfunkelte, blieb ihr wohl keine andere Wahl. »Ich bin mit Alex zusammen. Und er tut mit gut. Sven tat mir nie gut.«

Die Lolle-liebt-Sven-Kopie sah das etwas anders. Zum Beispiel der Kuss im Fahrstuhl und ...

Nein! Lolle ließ das vor sich selbst nicht gelten. Erstens waren Alex' Küsse besser als die von Sven. Und zweitens war Alex da, wenn sie ihn brauchte. Im Gegensatz zu Sven, mit dem sie in abstürzenden Fahrstühlen gelandet und um ein Haar von Harald überfahren worden wäre, und der sich am Ende doch für Dummbatz-Silvia entschieden hatte.

»Ich will aber nicht mehr so weiterleben!«, insistierte die Lolle-liebt-Sven-Kopie trotzig und stapfte mit dem Fuß auf den Boden.

»Du sollst auch gar nicht weiterleben«, zischte Lolle sie an. »Verschwinde!« Und tatsächlich löste sich ihr Gegenüber mit beleidigter Miene wieder in Luft auf.

Lolle schüttelte benommen den Kopf. »Wenn es mit mir so weitergeht, endet das nicht gut.« Und sie sah sich im Geiste bereits in einer Zwangsjacke stecken und mit dem Kopf gegen die Wände einer Gummizelle laufen.

Nach einer Weile hörte Lolle aus Svens Zimmer wieder Geräusche. Aber das seltsame Brummen und Aufheulen klang nicht nach einem Menschen. Außerdem wurde es immer wieder von mehreren Stimmen überlagert. Lolle stand auf, um nachzusehen. »Sagt mal, was ist hier eigentlich los?« Entnervt stürmte sie in Svens Zimmer.

»Nichts, nichts!« Vor Scham lief Sven knallrot an. »Wieso?« Er lag halbnackt im Bett und hielt sich mit einer Hand am Bettgestell fest. Über seinem Arm hing die Decke, und um Sven herum standen Sarah, Hart und Tuhan. Hart mit einem Hammer in der Hand und Tuhan mit einer Motorsäge, deren Sägeblätter aufjaulend die Luft zerschnitten.

»Ach das ... das ... das ist nichts Besonderes«, stotterte Sven.

»Kann es mir trotzdem einer von euch verraten?« Lolle sah der Reihe nach von Sarah zu Hart und dann zu Tuhan.

»Können sie nicht«, beeilte sich Sven zu sagen, doch Hart hörte nicht auf ihn.

»Er hat sich von einer Tusse mit Handschellen ans Bett fesseln lassen«, erklärte er Lolle die peinliche Situation und konnte sich ein schadenfrohes Grinsen nicht verkneifen.

Außer Sven wusste niemand, was genau passiert war, und Sven dachte auch nicht im Traum daran, sich über sein Erlebnis mit seiner sexgierigen Flugzeugbekanntschaft auszulassen. Aber auf den Punkt gebracht hatte Hart schon Recht: Die ideenreiche Dame hatte ihn ans Bett gefesselt, und da Sven nicht auf SM-Spielchen stand, hatte sie ihre Zeit nicht länger verschwenden wollen und war stocksauer abgehauen. Allerdings ohne Sven wieder loszumachen oder ihm wenigstens den Schlüssel für die Handschellen dazulassen.

Als Nächstes war dann Hart ins Zimmer gekommen, da er von seinem Spionageposten hinter der Wohnungstür aus gesehen hatte, wie sich der Vamp wieder verzogen hatte ... und hatte natürlich sofort einen Detailbericht von Sven gewollt. Das einzige Detail, auf das es Sven jedoch ankam, war die Handschelle, die ihn untrennbar mit dem Bettpfosten verband, und er hatte Hart gebeten, ihn zu befreien.

Hart hatte sodann einen Hammer geholt und mit ihm eigentlich die Kette zerschlagen wollen. Doch er hatte sein Ziel wie auch Svens Handgelenk um wenige Millimeter verfehlt und stattdessen gegen das Bettgestell gedroschen.

Durch das ohrenbetäubende Scheppern war Sarah angelockt worden, und sie hatte sich fast schlappgelacht, als sie die beiden gesehen hatte. »Ihr macht Fesselspiele?«, hatte sie Sven und Hart augenzwinkernd gefragt, und Hart hatte es äußerst eilig gehabt, allen Verdacht von sich zu weisen. Auf Sarahs Rat hin hatten sie dann Tuhan zur Hilfe geholt, denn nur mit einem Hammer war die Befreiungsaktion ein ziemlich aussichtsloses Unterfangen. Aber Tuhan hatte da doch diese Motorsäge … und mit der hatte er gerade herumgefuchtelt, als Lolle ins Zimmer gekommen war.

Lolle fand es überaus ekelig, auf was Sven sich da mit dieser Sexbombe eingelassen hatte. »Weißt du was?«, fauchte sie ihn angewidert an, »lass dich doch von Tuhan in deine Einzelteile zerlegen.« Sprach's und fegte wutentbrannt aus dem Zimmer.

»Hey, hast du das gehört?« Hart schien richtig erfreut. Ganz anders als Sven, dem das alles furchtbar peinlich war und der Lolle nun völlig zerknirscht hinterhersah.

»War ja nicht zu überhören«, meinte er matt.

»Sie war eifersüchtig«, diagnostizierte Hart und lächelte Sven aufmunternd an. Doch bevor Sven sich überlegen konnte, was er davon halten sollte, rückte auch schon wieder Tuhan mit seiner Motorsäge an, und Sven wurde panisch. »Nein!«, brüllte er wie ein Stier, um Tuhan zurückzuhalten. »Wir rufen den Schlüsseldienst«, gab er sich geschlagen. Auch wenn in diesem Fall eine weitere Person erfuhr, was ihm passiert war: Erniedrigender als es bereits war, konnte es ohnehin nicht mehr werden. Dachte Sven – und wurde bald darauf eines Besseren belehrt. Denn der Mann vom Notdienst bekam bei Svens Anblick einen solchen Lachkrampf, dass er sich kaum mehr aufrecht halten und nur schwer seine Arbeit machen konnte. »Mannomann«, prustete er, und Sven dachte, der Typ würde sich nie mehr einkriegen, »die Kollegen werden mir nicht glauben, wenn ich denen das erzähle. Haben Sie vielleicht was dagegen, wenn ich ein Foto mache?«

»Hab ich mir auch schon überlegt«, goss Sarah Öl ins Feuer, und Sven hätte beiden am liebsten den Hals umgedreht. Wenn er es denn gekonnt hätte, denn dazu brauchte man zwei freie Hände ...

»Ja, das habe ich!«, fauchte er deshalb nur und forderte den Mann barsch auf, ihn loszumachen.

»Sicher.« Der Notdienstmann musste sich erst die Tränen trocknen, bevor er einen kleinen Dietrich aus seiner Werkzeugtasche holen und ihn in das Schloss der Handschelle stecken konnte. Nach wenigen Sekunden sprang die Handschelle auf, und Sven war frei!

»Endlich!!!« Erleichtert sprang er aus dem Bett und zog sich als Erstes Shorts und einen Pulli über.

»Sven?« Lolle kam wieder herein und wollte etwas besprechen.

»Und wir müssen auch mal reden«, wandte sich Sarah an Hart. »Komm mit.«

»Müssen wir das?« Hart folgte ihr mit einem ausgesprochen mulmigen Gefühl.

»Also ich ...«, setzte Lolle an, nachdem auch Tuhan sich mit seinem Monster von einer Motorsäge verabschiedet hatte, doch sie kam nicht sehr weit, denn der Notdienstmann wollte Geld sehen. Und zwar fünfhundert Euro.

»Fünfhundert Euro?!«, wiederholte Sven entsetzt. »Sie waren doch nur eine Viertelstunde hier, und von der haben Sie vierzehneinhalb Minuten gelacht.«

»Ich werde nach Resultaten bezahlt.« Dem Notdienstmann war Svens Protest absolut egal. Er hielt ihm nur fordernd die offene Hand entgegen.

»Das zahl ich nicht«, schaltete Sven auf stur. »Das ist ja Wucher!« Schon eine Sekunde später bereute er diesen Satz.

»Wie Sie wollen.« Blitzschnell griff der Mann vom Schlüsseldienst nach Lolles Hand und kettete sie mit der Handschelle an Sven. »Sie können mich ja anrufen, wenn Sie es sich anders überlegt haben.« Er schnappte sich seine Werkzeugtasche und verließ das Zimmer.

»Hey, warten Sie!« Sven wollte sofort hinterher, aber er

hatte nicht bedacht, dass Lolle, die ja an ihn gefesselt war, mit ihm Schritt halten musste, und so schrie sie vor Schmerz auf, als er sie unfreiwillig mit sich zerrte.

»Sven, das tut weh!« Jammernd stolperte Lolle hinter ihm in den Flur.

»Ich zahle Ihnen das Geld«, rief Sven dem Notdienstmann zu, der schon mit einem Fuß außerhalb der Wohnungstür stand.

»Gut.« Der Mann machte kehrt und kam wieder herein. »Das macht dann siebenhundertundfünfzig Euro. Fünfhundert Euro für eben. Und zweihundertfünfzig dafür, dass ich Sie jetzt losmache.«

»Aber Sie haben uns doch eigenhändig gefesselt!« Sven war außer sich.

»Was ich laut unseren Allgemeinen Geschäftsbedingungen darf, wenn der Kunde nicht zahlen will«, erklärte der Mann eisern. »Und ich bin auch nicht dazu verpflichtet, dem Kunden die Geschäftsbedingungen unaufgefordert vorzulegen«, fügte er hinzu.

»Wohin soll ich Ihnen das Geld überweisen?« Sven sah ein, dass eine Diskussion keinen Sinn hatte.

»Ich nehme nur Bargeld.«

Aber Sven hatte nicht so viel im Haus. Und als der Notdienstmann Lolle nach dem Geld fragte, lachte sie sich innerlich fast tot.

»Gut, ich komm in drei Stunden wieder, um es mir abzuholen.« Und weg war er.

»Man wird ja wohl noch einen Schlüsselnotdienst finden, der schneller kommt«, knurrte Lolle und schleppte Sven mit sich zum Telefon. »Oder auch nicht«, stellte sie nach etlichen erfolglosen Telefonaten ernüchtert fest.

»Scheiße, ich kann auf keinen Fall drei Stunden warten!«, schimpfte Sven. »Ich hab gleich noch einen wichtigen Termin.«

»Das hättest du dir vor deinem Idiotensex überlegen sollen«, maulte Lolle ihn an und hob demonstrativ die Hand mit der Handschelle. Warum wohne ich eigentlich mit diesem Deppen zusammen und nicht mit Alex, dachte sie bei sich.

»Was wolltest du eigentlich mit mir besprechen?« Sven fiel ein, dass Lolle ja nicht grundlos zu ihm ins Zimmer gekommen war.

»Tja, also ... meine Mutter ... hat mir die Kohle gestrichen«, begann Lolle zögernd. »Und ... da wollte ich dich fragen, ob du ... Weißt du, die Bank hat mir schon das Konto wegen Überziehung gesperrt, und so sehe ich nun keine andere Möglichkeit ...« Unsicher geworden brach sie ab. Andererseits: Hatte ihre Lolle-liebt-Sven-Kopie sie nicht nachgerade zu diesem Schritt ermutigt, damit sie herausfand, ob Sven nicht vielleicht doch für sie da war, wenn sie ihn brauchte. Trotzdem brachte Lolle ihre Bitte nicht über die Lippen, und Sven musste raten.

»Du willst, dass ich dir die Miete stunde?«, traf er ins Schwarze.

Lolle nickte stumm, doch leider sah Sven dazu keinen Weg. Er hatte in Los Angeles nicht einen einzigen Auftrag für das *Start up* bekommen und stand selbst finanziell nicht gerade rosig da. »Hey, du kannst doch wohl jetzt nicht beleidigt sein, weil ich dir kein Geld pumpen kann«, verteidigte er sich auf Lolles geknickten Blick hin.

»Wir sollten uns überlegen, wie wir diese Dinger schnell wieder loswerden«, brachte sie das Gespräch erneut auf die Handschellen. Und da Tuhan und seine Motorsäge nicht in Betracht kamen, war es wohl das Beste, wenn sie zur Polizei gingen.

»Gut, dann zeige ich den unverschämten Schlüsseldienst-Heini bei dieser Gelegenheit gleich an«, stimmte Sven Lolles Vorschlag zu. Aber zuvor hatten sie noch ein kleines Problem zu lösen – und das bestand darin, Sven vollständig anzuziehen. Doch mit vereinten Kräften und einigen Verrenkungen schafften sie auch das. Und wenn Lolle nicht so verärgert gewesen wäre, dann hätte sie sich über das Bild, das Sven dabei abgab, sicherlich totgelacht.

Der Nächste, der einem schier nicht enden wollenden

Lachanfall zum Opfer fiel, war der Polizist, dem sie auf der Wache die Handschellen zeigten.

»US-Army-Stahl. Da müssen wir unseren Spezialisten rufen und das dauert«, meinte der Beamte schließlich und wischte sich die Tränen von den Wangen. Auch er ging wie selbstverständlich davon aus, dass den beiden ein Missgeschick passiert sei, als sie miteinander ins Bett gestiegen waren.

»Wir sind nicht miteinander ins Bett gestiegen«, dementierte Lolle ungehalten, und der Polizist grinste bedeutungsvoll.

»Ach, dann haben Sie es wohl im Freien getan?«

»Wir haben es *gar nicht* getan.« Lolle wurde es allmählich zu bunt.

»Oh, das tut mir aber Leid«, meinte der Polizist augenzwinkernd. »Sollen wir Sie mal kurz alleine lassen, damit Sie das nachholen können?« Er machte eine Kopfbewegung in Richtung seines Kollegen, und beide brüllten erneut vor Lachen los.

Lolle hatte keinen Nerv mehr und Sven keine Zeit. »Wir müssen los«, verkündete er und zerrte Lolle nach draußen vor das Revier. »Ich hab in einer halben Stunde einen Termin mit Silvia.«

»Mit Silvia?!« Lolle war fassungslos und wollte sofort wieder zurück in die Polizeiwache, um auf den Spezialisten zu warten.

»Silvia und ich müssen zum Schulpsychologen wegen Daniel.« Ohne Rücksicht auf Lolle marschierte Sven weiter. »Daniel macht seiner Lehrerin seit neuestem Geschenke. Aber nicht solche von der netten Art, sondern eher solche wie tote Mäuse...«, erklärte er. »Ich glaube, er kommt mit der Trennung nicht klar«, schloss Sven seinen Kurzbericht ab.

»Oder mit der Lehrerin.« Lolles Wut war, nach dem, was sie über Daniel gehört hatte, weitestgehend verraucht. Aber Sven konnte sie doch wohl kaum, und dazu noch an ihn gefesselt, mit zu diesem wichtigen Termin schleifen?

»Silvia hat gesagt, wenn ich nicht komme, lässt sie mich den Jungen nicht mehr sehen.« Sven baute auf Lolles Verständnis. »Und du weißt, sie hat das Sorgerecht.«

Du kannst ihn nicht einfach hängen lassen ... Mit einem flehentlichen Blick lockte Sven die Lolle-liebt-Sven-Kopie ans Tageslicht. Schau doch nur, wie hilflos er guckt! Er braucht dich!

»Halt die Klappe!«, zischte Lolle und wünschte diese Seite ihrer Gefühle einmal mehr zum Teufel. Aber die Lolle-liebt-Sven-Kopie hatte wohl die Wahrheit gesagt, als sie meinte, dass sie sich um so stärker zeigen würde, je mehr Lolle versuchte, sie zu verdrängen.

»Ich hab doch gar nichts gesagt«, meinte Sven.

Ohne zu antworten, hing Lolle ihren Gedanken nach und kämpfte mit sich. »Also gut ...«, seufzte sie schließlich. Die Lolle-liebt-Sven-Kopie hatte gewonnen. »Gehen wir.« Zähneknirschend begleitete sie Sven zu Daniels Schule.

»Sarah will wirklich mit dir zusammen sein?«, fragte Tuhan ungläubig. »Merkwürdig, hübsches Fohlen verliebt sich selten in Flusspferd.«

»Ich versteh's ja auch nicht.« Hart zuckte die Achseln und mampfte weiter seine gebackene Banane.

Sarah hatte ihm erst vorhin wieder gesagt, dass sie etwas für ihn fühlte. Und Hart hatte nicht leugnen können, dass er auch etwas für sie fühlte. Aber Sarah hatte ihm auch gesagt, dass sie nicht ewig auf ihn warten würde. Genau genommen nur noch bis heute Abend. Dann war sie gegangen, und Hart hatte die Augen gen Himmel gerichtet. Hatte er je um diesen ganzen Liebesscheiß gebeten? Hatte er nicht! Und nun saß er bei Tuhan und wusste nicht, was er machen sollte. »Sie kann so viele haben«, überlegte er laut. »Ich meine, sie hat ja auch so viele ... und nun will sie ausgerechnet mich?«

»Vietnamesisches Sprichwort sagt«, leitete Tuhan wie gehabt eine seiner asiatischen Weisheiten ein, »Mann, der versucht, Frauen zu verstehen, verliert Verstand.« Er lächelte Hart mitfühlend an. »Bist du auch in sie verliebt?«

Hart nickte bedächtig. »Ich glaube schon.«

»Und warum gestehst du Sarah nicht deine Liebe?«

»Irgendeiner bleibt bei der Liebe doch immer auf der Strecke. Und bei einer Frau wie Sarah bin das ich«, meinte Hart düster.

Doch Tuhan ließ das nicht gelten. »Es gibt auf der Welt auch glückliche Lieben«, widersprach er. »Du musst dich nur umschauen.«

Hart ließ seinen Blick durch den Imbiss schweifen, doch er sah nur traurige Gestalten.

»Es gibt sie wirklich«, beteuerte Tuhan.

»Weißt, du was, Tuhan«, Hart lächelte gequält, »wenn ich innerhalb der nächsten Stunde eine glückliche Liebe sehe, dann versuche ich es mit Sarah.«

Lolle hatte mit Sven gerade Daniels Schule erreicht, als ihr Handy klingelte. Sie blieb auf dem Hof stehen und nahm das Gespräch an. Mahnend deutete Sven zur Schuluhr.

»Hi, Lolle.« Es war Alex. »Was machst du gerade?«, fragte er sie.

»Nun ... ich ... weißt du ...« Lolle wollte nur ungern zugeben, dass sie mit Sven unterwegs war.

»Ist auch egal, was du machst«, unterbrach Alex ihr Herumgedruckse. »Ich hab mit einem Freund meines Vaters gesprochen, der für ein Projekt einen begabten Comiczeichner braucht. Hast du um sechzehn Uhr Zeit?«

»Ja!« Lolle war begeistert. Doch beim Blick auf die Handschellen wurde die Freude wieder ein wenig gedämpft. Sie konnte nur hoffen, dass bis dahin nichts dazwischenkam und sie die Dinger wieder los war.

»Gut, dann mach ich einen Termin für dich ab«, versprach Alex.

»Du hilfst mir schon wieder aus der Patsche.« Lolle war gerührt.

»Na hör mal, ich liebe dich«, sagte Alex nur. »Da ist so etwas im Preis inbegriffen.«

»Ich liebe dich auch.« Mit einem versonnenen Lächeln drückte Lolle das Handy noch stärker an ihr Ohr.

»Es gibt da noch etwas, das ich mit dir besprechen will«, fuhr Alex fort.

»Was Schlimmes?«, fragte Lolle ängstlich.

»Nein«, beruhigte er sie, »ich hoffe, ganz im Gegenteil. Bis dann!«

»Bis dann«, erwiderte Lolle liebevoll und legte auf.

»Ich dachte schon, ihr wollt ewig quatschen.« Sven hatte es die Laune schon verhagelt, als er Alex' Namen nur gehört hatte. »Ich komm jetzt zu spät, weil du noch herumturteln musstest.«

»Du kommst zu spät, weil du diese Tussi im Bett hattest«, stellte Lolle zornig richtig.

»Hör zu«, Sven fühlte sich ertappt und wurde deshalb noch aggressiver, »mein Liebesleben geht dich einen Scheiß an.«

»Und es interessiert mich auch einen Scheiß«, gab Lolle patzig zurück.

Schweigend setzten sie ihren Weg fort und betraten mit grimmigen Mienen das Schulgebäude.

»Tuhan, eine Runde Reiswein für alle!« Ein Mann in mittleren Jahren betrat freudestrahlend den Imbiss. »Ich habe was zu feiern!« Schwungvoll setzte er sich auf den Barhocker neben Hart.

»Und was?« Tuhan öffnete die Flasche.

»Ich hatte eben ein tolles Erlebnis mit meiner Frau.«

Hart horchte auf und wandte sich interessiert zu dem Mann um. »Du bist verheiratet?« Er legte die Gabel beiseite, mit der er lustlos den letzten Rest seiner Banane malträtiert hatte.

»Ja, seit zehn Jahren«, erwiderte der Mann und machte dabei einen äußerst zufriedenen Eindruck.

»Und du bist glücklich?« Hart konnte es kaum fassen.

»Ja, ich bin gerade der glücklichste Mann der Welt.«

»Mensch!« Hart schlug ihm erleichtert auf die Schulter. »Ich hätte nie gedacht, dass ich mal jemanden kennen lerne, der nach so langer Zeit noch glücklich verliebt ist.«

»Glücklich verliebt?« Der Mann schüttelte verwundert den Kopf. »Ich hab die Alte eben aus der Wohnung geworfen.« Er kippte seinen Reiswein herunter und begann zu erzählen.

Seine Frau habe ihn betrogen, aber zuvor noch sein Konto geplündert. Und ihr Neuer, so stellte sich heraus, war sein bester Freund. Plötzlich habe sie ein anderes Eau de Toilette benutzt, sich geschminkt und eine Großpackung Kondome gekauft. »Ich brauchte einfach mal Abwechslung«, war alles, was sie im Nachhinein zu ihrem Seitensprung zu sagen hatte. Aber der Mann nahm den Schicksalsschlag offensichtlich gelassen und strahlte wie ein ganzes Kernkraftwerk.

Hart dagegen war das Lachen gründlich vergangen. Er stand auf und wollte gehen.

»Wo willst du hin?«, hielt Tuhan ihn auf.

»Das Flusspferd sagt dem Fohlen, dass sie keine Zukunft haben.«

»Wie willst du eigentlich Silvia jetzt das hier erklären?« Lolle hielt ihren Arm mit der Handschelle hoch, während sie mit Sven den Gang zum Zimmer der Schulpsychologin entlangging.

»Was soll das Problem sein?« Arglos zuckte Sven mit den Schultern.

»Sie wird auch vermuten, dass wir Fesselsex hatten.« Lolle war sich dessen absolut sicher.

Nicht so Sven. »Warum sollte sie das denken?«

»Erstens, weil das andere auch denken. Zweitens, weil sie mir die Schuld gibt, dass es mit euch nichts wurde, und drittens, weil sie eine hysterische Kuh ist«, zählte Lolle die möglichen Gründe auf.

»Ich glaube, du unterschätzt Silvia.« Sven klopfte an

die Tür der Psychologin und trat gemeinsam mit Lolle ein.

Und tatsächlich! Lolle hatte Silvia wirklich unterschätzt – und zwar im Hinblick auf das Ausmaß, das ihre Hysterie annehmen konnte.

»Du perverses Schwein!«, beschimpfte sie Sven, nachdem sie die Handschellen entdeckt hatte. »Du wagst es, *so* bei einem Treffen zu erscheinen, bei dem es um das Seelenleben deines Sohnes geht!« Sie prügelte mit beiden Fäusten auf ihn ein. »Und noch dazu mit diesem ... diesem kleinen Flittchen!«

Die Schulpsychologin, die den Eindruck der personifizierten Sanftmut machte, lehnte sich gelassen in ihrem Stuhl zurück und beobachtete die Szene, ohne eine Miene zu verziehen. »Ich spüre Aggression«, bemerkte sie nicht untreffend.

»Dass Daniel tote Tiere verschenkt, das liegt allein an dir. Du Monster!«, beschuldigte Silvia Sven. Dann ließ sie abrupt von ihm ab und rannte hinaus.

»Silvia!« Sven sah ihr perplex hinterher. »Silvia, warte!« Unvermittelt lief er los und vergaß dabei, dass er an Lolle gekettet war. Ja, er schleifte sie regelrecht hinter sich her wie einen nassen Sack, und als er auf den Gang hinaus wollte, knallte sie mit voller Wucht gegen die Tür.

»Au!«

»Ich spüre Schmerz«, meinte die Schulpsychologin, die auch die Ruhe nicht verlor, als Lolle in Ohnmacht fiel.

»Wo ... wo bin ich?«, fragte Lolle und wunderte sich über den seltsamen Raum, in dem sie sich auf einmal befand. Der Boden und die Wände hatten ständig wechselnde Farben und erzeugten gemeinsam mit dem seltsamen Licht eine surreale Stimmung.

»In deinem Unterbewusstsein«, hörte sie die Stimme ihrer Lolle-liebt-Sven-Kopie. »Hier wohne ich. Glaubst du etwa, wenn du sagst: ›Verschwinde!‹, höre ich auf zu existieren? Deine Gefühle kannst du unterdrücken, aber sie leben weiter... hier im Unterbewusstsein.«

Verwirrt verfolgte Lolle das psychedelische Farbspiel und das, was ihre Lolle-liebt-Sven-Kopie sonst noch zu sagen hatte.

»Manchmal sind die Gefühle aber so stark, dass sie nicht mehr verbannt werden können. Dann brechen sie hier aus...«

»... wie vorhin, als die Tussi bei Sven war...«, schloss Lolle.

»... und ich zu dir kam. Und manchmal, ja, manchmal sind die Gefühle so stark, da brechen sie nicht nur aus dem Unterbewusstsein aus... sie übernehmen ganz... Wie jetzt zum Beispiel...«

»Lolle! Lolle!« Verzweifelt kniete Sven im Zimmer der Schulpsychologin am Boden und hielt Lolle im Arm. Immer wieder beugte er sich dicht über sie und rief in großer Sorge ihren Namen.

Ganz langsam öffnete Lolle die Augen.

»Alles in Ordnung?« Sven sah sie alarmiert an.

Lolle nickte und Sven fiel ein zentnerschwerer Stein vom Herzen. »Gott sei Dank.« Er lächelte, und Lolle, noch immer in seinen Armen, lächelte zurück.

»Ich spüre Liebe«, meldete sich die Schulpsychologin zu Wort, während sich Lolles und Svens Lippen aufeinander zubewegten. Langsam schlossen beide die Augen und millimeterweise rückte der Kuss näher.

Ich liebe Alex! In absolutem Aufruhr meldete sich Lolle höchstselbst aus ihrem Unterbewusstsein. Meine Gefühle für Sven dürfen nicht gewinnen!, schrie sie. Sie versuchte sich zu sammeln und wieder Herrin über die Situation zu werden. Ich muss wieder übernehmen!, beschwor sie sich. Und meine Lolle-liebt-Sven-Kopie muss wieder ins Unterbewusstsein zurück.

Unter Einsatz ihrer ganzen Kraft widerstand sie der Anziehungskraft, die Sven auf sie ausübte, und wich dem

Kuss in letzter Sekunde aus. »Ich denke, mit mir ist jetzt wieder alles in Ordnung«, sagte sie hastig und stand auf. »Können wir jetzt gehen?«

»Ich spüre Überraschung«, konstatierte die Schulpsychologin angesichts Svens entgeisterter Miene. Und dann, so erfuhren die beiden, spürte sie Hunger. »Und jetzt entschuldigen Sie mich bitte. Ich muss los.« Die Frau packte ihre Tasche und verließ den Raum. Doch zuvor ließ sie Sven noch wissen, dass nicht Daniel der psychologischen Behandlung bedürfe, sondern seine Eltern. Und auch Lolle empfahl sie im Hinausgehen noch schnell eine Therapie: »Es ist ganz offensichtlich, dass Sie Gefühle für diesen Mann haben, die Sie unterdrücken. Das ist nicht gesund.«

Reglos und unangenehm berührt stand Lolle nach diesem Befund da und wich Svens fragendem Blick aus. Sie wünschte sich weit, weit weg von ihm. Doch sie brauchte nur einen einzigen Schritt zu machen und schon riss die Handschelle sie wieder zurück an seine Seite.

»Hat die Psychologin Recht?« Sven wollte endlich eine ehrliche Antwort von ihr hören.

Doch Lolle ging wie gehabt nicht darauf ein. »Na ja, ich glaube schon, dass es nicht schlecht ist, wenn du und Silvia mal in Therapie –«

Aber das hatte Sven nicht gemeint. »Lolle!«, unterbrach er sie und sah sie eindringlich an. »Hat sie Recht damit, dass du noch was für mich fühlst?«

Und während ihre Lolle-liebt-Sven-Kopie in ihrem Unterbewusstsein die Arme in die Luft riss und »Ja! Ja! Ja!« brüllte, erklang im Zimmer der Schulpsychologin ein klares und deutliches Nein.

»Hör mal«, plapperte Lolle weiter, um die letzten Zweifel auszuräumen, aber ihre Stimme klang irgendwie gepresst, »die Frau hat doch keine Ahnung. Die würde es doch noch nicht mal schaffen, bei Woody Allen eine Neurose zu erkennen. Wie soll sie denn da bei meinen Gefühlen richtig liegen?«

Doch Sven war inzwischen mit der Schulpsychologin

einer Meinung: Lolle fühlte noch was für ihn. »Lolle«, er sah ihr tief in die Augen, »ich weiß es, seitdem wir uns geküsst haben.« Er sprach von dem Kuss in Lolles Zimmer, nachdem Alex sich mit seiner Exfreundin Francesca getroffen hatte.

»Jetzt hör mal zu, Mister ›Ich weiß besser, was du fühlst, als du selber‹«, Lolle platzte der Kragen, »ich ... liebe ... Alex!«, schrie sie ihn an, als hätte sie einen Lernresistenten vor sich.

Ohne Vorwarnung marschierte sie los, und Sven blieb nichts anderes, als ihr zu folgen.

»Wir besorgen uns jetzt das Geld für den Schlüsseldienst-Mann«, fauchte sie, »... und lassen uns dann endlich von diesen verdammten Dingern befreien.«

»Hi, Sarah.« Hart lächelte einigermaßen dümmlich. »Du wunderst dich sicher, mich hier zu sehen.« Was nicht verwunderlich gewesen wäre, hätte er nicht in voller Montur in der Duschkabine der WG gestanden.

»Wie kommst du nur drauf?« Fast nackt stand Sarah ihm gegenüber. Sie war nach Hause gekommen und ins Bad gegangen, um eine Dusche zu nehmen. Und als sie den Vorhang der Kabine zur Seite geschoben hatte, war dahinter ein extrem verlegener Hart zum Vorschein gekommen.

»Weißt du ...«, stammelte er und knetete nervös seine Finger, »meine Dusche ist kaputt. Und da wollte ich hier duschen.«

»In Klamotten?« Sarah hüllte sich in ein Handtuch.

»Meine Waschmaschine ist auch kaputt«, erklärte Hart.

Sarah glaubte ihm natürlich kein Wort und sah ihn skeptisch an.

»Na ja, eigentlich wollte ich dir sagen, dass ich nicht mit dir zusammen sein will«, gab Hart mit bangem Blick zu. Und deshalb, so gestand er ihr, war er in die WG gekommen und hatte Sarah in ihrem Zimmer gesucht. Aber sie war nicht da gewesen. Und als er sie kommen gehört hatte, hatte ihn der Mut verlassen, und er war ins Badezimmer geflüchtet. Woher hätte er auch wissen sollen, dass sie ebenfalls ins Bad gehen würde? In seiner Not war er in die Duschkabine geschlüpft ... und dort stand er nun und sah Sarah auch ohne Wasser an wie ein begossener Pudel.

»Und warum nicht?«, fragte Sarah. Sie wirkte ungewohnt verletzt.

»In der Liebe endet es doch immer schlecht. Und anstatt ein Ende mit Schrecken oder ein Schrecken ohne Ende, denk ich halt: Ohne Anfang erst gar kein Schrecken. Sei doch mal ehrlich, du würdest mich doch schnell wieder ablegen.«

»Wie kommst du denn auf so was?« Sie sah ihn verständnislos an.

»Du bist eine Frau mit viel Erfahrung ... ich hab auch viel Erfahrung, wenn auch mehr theoretisch ... Und jemand wie ich würde dir sehr schnell langweilig werden, und du würdest dir wieder jemand anderen suchen ...«, Hart zuckte resigniert mit den Schultern, »und das ... würde mir wehtun.«

»Hältst du mich wirklich für so oberflächlich?« Nun schien Sarah ehrlich getroffen.

»Ja ... Ich meine, nein. Aber so wird's kommen. Das weiß ich.« Hart war nicht von seiner Meinung abzubringen.

»Wenn du das wirklich glaubst, dann wird es auch so kommen.« Traurig nahm Sarah ihre Sachen unter den Arm. »Vielleicht hast du Recht: Ohne Anfang kein Schrecken.« Sie ging aus dem Bad und ließ Hart in der Duschkabine stehen.

Jetzt war es endlich raus, was er ihr hatte sagen wollen. Aber wirklich glücklich war er deshalb nicht.

»Haben Sie das Geld?« Als Lolle und Sven nach Hause kamen, saß der Notdienstmann bereits auf dem Treppenabsatz vor ihrer Wohnung. Und neben ihm Alex, der über alles im Bilde war.

Sven stand auf Fesselsex, hatte ihm der Notdienstmann erzählt ... und Sven und Lolle hätten wohl welchen gehabt –

auch das hatte er Alex brühwarm berichtet ... und da die beiden erst zahlungsunwillig und dann -unfähig gewesen waren, mussten sie nun aneinander gekettet umherlaufen, bis sie die Kohle beschafft hatten. Der Notdienstmann hatte einen gewissen Stolz auf seinen unkonventionellen Umgang mit Kunden nicht verheimlichen können.

Und auch jetzt, als Lolle und Sven ihm mitteilten, dass sie das Geld bislang noch nicht hatten holen können, blieb er seiner einträglichen Geschäftstaktik treu. »Ich komm in zwei Stunden wieder«, verkündete er und erhöhte den Preis um weitere einhundert Euro.

Lolle war das wegen Alex alles unheimlich peinlich. Außerdem dachte sie, dass er denken könnte, dass sie ... aber Alex dachte keineswegs so. Er hatte sich über die Geschichte des Notdienstmannes königlich amüsiert und wäre niemals darauf gekommen, dass Lolle ihn betrügen würde. Denn er vertraute ihr, und das sagte er ihr auch.

»Ja?« Sie war megamäßig froh und strahlte ihn verliebt an.

Mit einem Räuspergeräusch machte Sven auf sich aufmerksam, und Lolles Blick wanderte zu ihm.

Wir haben uns nur ein einziges Mal geküsst, also guck nicht so, wies sie ihn im Geiste zurecht. Dennoch war es wohl angebracht, ganz schnell das Thema zu wechseln. »Was ist das denn für ein Termin, wo wir jetzt hin müssen?«, wandte sie sich deshalb wieder an Alex.

»Nun, wie gesagt, ein Freund meines Vaters will einen Comic herausgeben, den du zeichnen könntest.«

»Und was für einen?« Lolle hoffte auf ihre große Chance.

»Einen Bibelcomic«, holte Alex sie unsanft auf den Boden der Tatsachen zurück. »Der Freund meines Vaters ist im Vorstand der katholischen Kirche.«

Lolle war überhaupt nicht begeistert. Das letzte Mal, dass sie eine Bibel in der Hand gehabt hatte, war beim Konfirmationsunterricht gewesen. Und damals hatte sie Tom damit beworfen.

»Aber er zahlt dreitausend Euro«, machte Alex ihr das Projekt schmackhaft, und Lolle bekam sofort den Jackpot-Blick.

»Zeig mir die Bibel, und ich zeichne sie!«, rief sie.

Das einzige Problem war jetzt nur noch, dass Lolle ja kaum an einen Kerl gefesselt vor dem Kirchenmann auftauchen konnte. Doch den Termin zu verschieben, war auch nicht möglich, denn der Auftrag sollte heute vergeben werden. Und wenn Lolle nicht erschien, dann würde ein anderer Kandidat ihn bekommen.

»Alex, ich brauch die Kohle.« Lolle war der Verzweiflung nahe. »Dringend!«

Alex nickte und suchte krampfhaft nach einem Ausweg. »Okay, ich hab eine Idee«, verkündete er schließlich. Weder Lolle noch er oder Sven fanden diese wirklich klasse, aber was blieb ihnen schon anderes übrig?

Der Plan sah vor, dass Lolle ihre Hand mit der Handschelle in Svens Ärmel stopfen sollte, erklärte Alex ihnen auf dem Weg zum Treffpunkt. Und dann mussten die beiden nur noch so tun, als ob sie ein Paar wären – und zwar ein noch sehr verliebtes, das sich keine Sekunde voneinander lösen mochte. Klar, das war blöd, vor allem für Alex – aber anders würde Lolle den Auftrag nicht bekommen.

Auch Sven war von diesem Plan nicht sonderlich begeistert. Doch andererseits war Lolle auch mit zur Schulpsychologin gekommen und außerdem ... es musste ihm ja nicht gefallen.

»Du musst nur so aussehen, als ob es dir gefällt.« Alex zog die Augenbrauen hoch und sah Sven prüfend an. Sie standen mittlerweile vor dem Café, in dem sie auf den Kirchenvorstand warten sollten, und Alex streckte die Hand nach der Türklinke aus. »Lasst uns reingehen.«

»Bevor wir da reingehen«, hielt Lolle ihn auf, »hattest du nicht noch eine Überraschung für mich?«

Alex nickte, doch er wollte nicht unbedingt vor Sven mit ihr darüber reden. Also hob Lolle den Arm, damit Sven sich die Finger in beide Ohren stecken konnte, und erst dann fing Alex an zu reden.

»Also es ist so ...«, plötzlich wurde er richtig nervös, »... ich hätte da eine Wohnung für uns.« Er holte tief Luft und sprach dann um einiges mutiger weiter. »Ich meine, ich kann an eine superschöne, billige Wohnung rankommen, und ich meine ... wir hätten ja schon einmal fast zusammengewohnt. Und ich finde ... ach, Mann! Ich hätte nie gedacht, dass ich mal so was sage ... Ich möchte einfach, dass wir beide ...«

»Noch näher zusammen sind?« Zu seiner Erleichterung brachte Lolle den Satz für ihn zu Ende.

»So in etwa.«

»Das möchte ich auch.« Lolles Gesicht erstrahlte, und sie erwiderte seinen innigen Blick.

»Seid ihr bald mal fertig?« Sven, den die beiden fast vergessen hatten, holte sie wieder auf den harten Boden der Realität zurück. Alex nickte, und Sven nahm die Finger wieder aus den Ohren.

»Dann mal los.« Alex öffnete die Tür und trat als Erster in das Café. »Und nicht vergessen«, er drehte sich nochmals zu Sven um: »Lächeln!«

Das Trio setzte sich an einen Tisch und wartete gespannt auf Lolles potenziellen Auftraggeber.

»Da kommt er.« Alex lenkte den Blick der beiden anderen auf einen älteren Herrn, der zwar streng wirkte, aber auch so aussah, als ob man mit ihm reden könnte.

»Dann müssen wir jetzt wohl in Aktion treten.« Sven zog eine Miene wie siebenhundert Tage Regenwetter.

Schnell stopfte Lolle die Hand mit der Handschelle in seinen Ärmel, wobei sich ihre Finger kurz berührten. Ihre Lolle-liebt-Sven-Kopie lächelte daraufhin selig in ihrem Unterbewusstsein. Von ihrer eigenen Reaktion unangenehm überrascht, ergriff Lolle mit der Linken schleunigst Alex' Hand. Ihre Kopie hörte daraufhin sofort auf zu lächeln und sah nun ebenso genervt drein wie Sven. Dafür lächelte Alex umso mehr.

»Soll der Kirchenmann glauben, du hast zwei Männer?«, raunte Sven Lolle zu und zögerlich löste sie wieder ihren Griff aus Alex' Hand.

Der werte Herr Kirchenvorstand trat zu den dreien an den Tisch und begrüßte Alex. »Und das muss Frau Holzmann sein.« Er streckte Lolle die Hand entgegen.

Da Lolle mit der rechten Hand an Sven gebunden war, musste sie ihm die linke reichen. »Ich bin Linkshänderin«, beantwortete sie seinen fragenden Blick.

»Die sollen ja alle ein bisschen spleenig sein.« Der Mann, den Alex ihr als Herrn Christians vorstellte, runzelte die Stirn.

»Und das ist Sven«, machte Alex weiter bekannt. »Lolles Freund. Er kommt aus Lettland.«

Verblüfft sahen Lolle und Sven ihn an.

»Deswegen kann er kein Deutsch«, fügte Alex erklärend hinzu.

»Ja, schön.« Der Kirchenmann nahm Platz. »Dann lassen Sie mich mal kurz erläutern, was uns vom katholischen Kirchenvorstand an diesem Projekt so wichtig ist.« Er begann zu erzählen, und Lolle hörte aufmerksam lächelnd zu. Als sie feststellen musste, dass in religiösen Vorstandskreisen wohl eine andere Definition des Begriffs ›kurz‹ vorzuherrschen schien, als sie bisher darunter verstanden hatte, lächelte sie zwar weiter, das aber zunehmend maskenhaft. Und irgendwann konnte sie hinter ihrem verkrampften Lächeln ein Gähnen nicht mehr unterdrücken.

Sven, der als Lette zum Schweigen verdammt worden war, hatte während der ganzen Zeit, in der Christians sich in epischer Breite über das Projekt ausgelassen hatte, griesgrämig ein Getränk nach dem anderen in sich hineingeschüttet. Und nun musste er dringend aufs Klo. Äußerst dringend. Eigentlich viel mehr als dringend. Und wenn er ehrlich war, dann war es fast schon zu spät. Er presste unterm Tisch die Beine zusammen und versuchte gequält, Lolles Aufmerksamkeit auf sich zu ziehen.

»Und jetzt zeigen Sie mir doch mal Ihre Zeichnungen«,

beendete Christians seinen Vortrag. Doch Lolle reagierte nicht, sondern trug auch weiterhin lediglich ihr Zementlächeln zur Schau.

»Frau Holzmann?«
»Äh was?« Lolle erschrak.
»Die Zeichnungen.«
»Ja, ja natürlich.« Lolle reichte Christians eilig ihre Mappe, und er sah sich ihre Entwürfe der Reihe nach an.

Sven litt inzwischen Höllenqualen und artikulierte sich erst mit einer Geste und dann mit tonlosen Lippenbewegungen ... aber Lolle verstand ihn nicht. Und als sie ihn endlich verstand, flüsterte sie nur tonlos »Halt aus« zurück.

Doch Sven konnte nicht mehr. Abrupt stand er auf und zwang Lolle damit, sich ebenfalls zu erheben.

»Pipi«, meinte er grinsend zu Christians, der es lustig fand, dass das auf Lettisch ebenso hieß wie auf Deutsch.

»Ja, ja, die Letten«, Lolle lachte verlegen, »sind halt auch Menschen wie du und ich.«

»Und Sie gehen auch?« Da Sven inzwischen ziemlich heftig an Lolle zerrte, sah es für Christians so aus, als ob es auch sie zur Toilette drängen würde.

»Ich ... ich muss auch.« Sie zuckte entschuldigend mit den Schultern und verließ dann mit Sven eilig den Tisch.

»Die beiden scheinen sich wirklich zu lieben«, meinte Christians zu Alex, der es gar nicht gerne sah, dass die beiden von hinten tatsächlich wirkten, wie ein frisch verliebtes Pärchen.

Svens Problem war allerdings noch nicht gelöst, nachdem er mit Lolle endlich den Toilettenraum erreicht hatte, denn Lolle weigerte sich strikt, mit ihm in die Kabine zu gehen. Und erst, als Sven ihr klarmachte, dass es auf ihren Auftraggeber wohl keinen guten Eindruck machen würde, wenn er sich in die Hose strullerte, gab sie widerwillig nach. »Der Herr ist aus Lettland«, erläuterte sie einem anderen Mann, der sie irritiert dabei beobachtete, wie sie mit Sven in der Kabine verschwand. »Ich muss ihm zeigen, wie bei uns die Klospülungen funktionieren.« Ächzend zog sie die Tür hinter sich zu und dachte, damit wäre nun alles im Lot. Aber weit gefehlt! Sven konnte mit einer Hand die Hose nicht öffnen und brauchte deshalb ihre Hilfe. »Ich mach dir doch nicht auch noch den Reißverschluss auf!«, entrüstete sie sich, und Sven sah sie beschwörend an.

»Lolle, ich halte es nicht mehr aus!«

Just in diesem Augenblick betrat auch Christians die Toilette und wurde Zeuge eines denkwürdigen Dialogs.

»Okay, okay, ich öffne ja schon deine Hose«, hörte er Lolle sagen, woraufhin Sven sie aufforderte, sich damit ein bisschen zu beeilen.

»Ja, so ist es gut, aber mach schnell, sonst platze ich.«

»Ich mach die Augen zu«, verkündete Lolle, und Sven meinte, er fände das auch besser so.

»Du weißt gar nicht, wie ich mich danach gesehnt habe«, seufzte er.

Das war der Moment, in dem Christians empört die Toilette verließ.

Hart saß wieder bei Tuhan am Tresen und baute lustlos ein Kartenhaus. »Hey!«, rief er aus, als er sah, wie der Mann, der zuvor eine Runde auf den Rausschmiss seiner ehebrecherischen Frau gegeben hatte, wieder in den Imbiss kam und rannte auf ihn zu.

»Hallo«, der Mann erkannte Hart ebenfalls, »wie geht's?«

»Super!«, tönte Hart. »Ich hab alles viel schlauer gemacht als du.«

»Schlauer?« Der Mann wusste nicht, was Hart damit meinte.

»Nun, deine Frau hat dich doch verlassen, weil sie Abwechslung brauchte. Und damit *mir* das nicht passiert, hab ich gar nicht erst was mit einer Frau angefangen.«

»Und«, der Mann verstand noch immer nicht, »was war daran jetzt so schlau?« Er setzte sich zu Hart und erzählte ihm von den Gefühlen, die seine Frau einst in ihm ausgelöst hatte. Vor allem, wenn er sie geküsst hatte. »Das war ein

Kribbeln, das über den Rücken lief. Ein leichtes Kitzeln, bei dem man genau weiß: Das ist die Frau des Lebens.«

»Aber sie hat dich betrogen und ausgenommen und alles«, erinnerte Hart ihn an das traurige Ende, das ihre Liebe genommen hatte.

»Ja«, gab der Mann zu. »Aber das war erst zehn Jahre später. Die Zeit davor war der Himmel auf Erden. Und ohne diese Jahre wäre mein Leben viel ärmer gewesen.«

»So, jetzt ist die Hose wieder zu.« Sven stand noch immer mit Lolle in der Kabine. Sein Blick war nun wieder klarer, und er fühlte sich trotz der Handschellen unendlich befreit.

Lolle dagegen fühlte sich in dieser Umgebung und in der ganzen Situation, in die sie wieder einmal geraten war, äußerst unwohl. »Du glaubst gar nicht, wie mich das freut«, gab sie bissig zurück.

»Warum musst du eigentlich die ganze Zeit motzen?« Verständnislos schüttelte Sven den Kopf.

»Weil ich deinetwegen auf dem Männerklo bin.« Sie zog eine Schnute und trieb Sven zur Eile an.

»Ich glaube eher, weil du nicht zugeben kannst, dass du noch was für mich fühlst.«

Draußen vor der Kabine spitzte ein weiterer heimlicher Zuhörer aufmerksam die Ohren.

Es war Alex, der den beiden Bescheid hatte sagen wollen, dass Christians gegangen war, und der so zum Zeugen ihrer Unterredung wurde.

»Wie oft denn noch«, hörte er Lolle mit Bestimmtheit sagen, »ich liebe Alex.«

Alex atmete auf.

Die Kabinentür öffnete sich einen Spalt, als Sven wieder ansetzte. »Du hast ihm aber nicht gesagt, dass du mich geküsst hast«, warf er Lolle vor.

»Das ... das ...« Die Tür klappte wieder zu. »Das geht dich gar nichts an«, erwiderte Lolle. Dann drückte sie die Kabine mit Schwung auf, und Alex konnte gerade im letzten Moment noch unerkannt hinaushasten. Gleich darauf kam er jedoch wieder herein und tat, als ob nichts gewesen wäre.

»Christians ist gegangen«, berichtete er den beiden und schluckte seine Betroffenheit hinunter. »Ich denke, wir sollten euch beide jetzt so schnell wie möglich voneinander befreien.«

Sie fuhren zur WG und warteten auf den Notdienstmann. Und da Lolle und Sven nach wie vor kein Geld hatten, übernahm Alex die Rechnung. »Was ist schon ein Monatsgehalt, wenn man dafür seine Freundin aus dem eisernen Griff eines anderen befreien kann?«, meinte er nur.

Merkwürdig berührt ob dieses Kommentars sah Lolle ihn fragend an, aber Alex blieb zunächst stumm.

Erst, als er sich mit Lolle die Wohnung ansah, die er für sie beide gefunden hatte, und sie aufgrund seiner Traurigkeit wissen wollte, was los sei, eröffnete er ihr, dass er ebenfalls in dem Toilettenraum gewesen war und was er dort gehört hatte. »Das hättest du mir sagen sollen«, meinte er leise. »Ich hab dir das mit Francesca doch auch gesagt.«

»Machst du jetzt Schluss?« Lolle bekam es mit der Angst zu tun. »Ich ... ich will dich nicht verlieren.«

»Fühlst du noch was für Sven?« Alex erwartete nun endlich eine ehrliche Antwort. Die Lolle ihm so aber nicht wirklich geben konnte. Denn das »Ja« in ihrem Unterbewusstsein war ebenso aufrichtig wie das »Nein«, das sie nun Alex gegenüber aussprach. »Ich will dich wirklich nicht verlieren«, setzte sie mit Tränen in den Augen hinzu.

»Hey«, Alex sah sie tröstend an, »du verlierst mich nicht. Ich hab Francesca ja auch geküsst ... und ich liebe dich ... Und ich kann ohne dich nicht leben.« Er nahm Lolle in den Arm, trocknete ihre Tränen und küsste sie. Lang und innig.

»Lass uns hier einziehen.« Zärtlich schmiegte sich Lolle an ihn.

»Das kann ich erst, wenn du das mit Sven auf die Reihe bekommen hast.« Alex löste sich von ihr und wollte gehen.

Doch kurz vor der Tür drehte er sich nochmals um. »Lass dir nicht zu lange Zeit«, er lächelte gequält. »Der Vermieter setzt die Wohnung am Wochenende in die Zeitung.«

Betrübt ging Lolle zu Tuhan in den Imbiss und traf dort auf einen ebenso betrübten Hart. »Und, wie war dein Tag so?«, brachte er ihren Redefluss in Gang.

»Ich war den ganzen Tag an Sven gekettet, wurde ohnmächtig und hab einen ziemlich lukrativen Job vermasselt, weil der Auftraggeber gedacht hat, Sven und ich hätten es auf dem Klo gemacht.«

»Cool.« Hart nickte beeindruckt.

»Aber dafür will Alex mit mir zusammenziehen.« Lolle lächelte schief.

»Uncool«, fand Hart.

»Oh nein, das ist sehr cool«, widersprach Lolle tapfer. Doch auch Hart konnte sie nichts vormachen. Er wusste, dass sie auch in Sven verknallt war, er fragte sich nur, warum sie sich und Sven nie eine Chance gegeben hatte. Gut, Sven hatte sich erst für Silvia entschieden. Aber jetzt war er frei... und nach Harts Meinung war es nun Lolle, die verhinderte, dass sie zusammen waren.

»Aber ich liebe Alex«, wandte Lolle wieder ein.

»Hast du dich denn je gefragt, wie es mit Sven laufen würde?«

Lolle zögerte mit einer Antwort. »Nein«, meinte sie schließlich.

»Wenn ihr nicht zusammenkommt, wirst du dich ein ganzes Leben lang fragen, was du verpasst hast«, redete Hart ihr ins Gewissen. »Welche tollen Momente, welche Liebe, welchen Sex. Und irgendwann bist du siebzig Jahre alt und unglücklich. Du sitzt da in deinem grünen Bademantel. Vor dem Fernseher mit einer Flasche Bier, guckst Hertha BSC...«

»Ich mag keinen Fußball«, warf Lolle ein.

»Unterbrich mich nicht!« Hart blickte für eine Sekunde zu Lolle und dann richtete er seinen Blick wieder nach vorne. »Du guckst Hertha, wie sie schon wieder die Champions League verpassen und du denkst: Hättest du mal ... Hättest du mal nicht so viel Schiss gehabt. Das ist doch superblöd, oder?« Er sah Lolle erneut an. Dann stand er abrupt auf und ging zum Ausgang.

»Wo willst du hin?«, rief Lolle ihm verständnislos nach.

»Ich hab mich gerade selbst überzeugt.« Sprach's und rannte nach Hause.

Hart wollte keinen grünen Bademantel – und genau das gestand er Sarah auch umgehend. Und als sie nachfragte, was das denn zu bedeuten hatte, zog er sie an sich und küsste sie.

»Wenn das so ist, will ich auch keinen grünen Bademantel«, murmelte sie, packte ihn und küsste ihn ihrerseits.

Hart hatte Lolle mit seinen Ausführungen schwer zu denken gegeben. Vielleicht würde sie es wirklich ewig bereuen, wenn sie es nicht mit Sven versuchte. Aber vielleicht auch, wenn sie das mit Alex jetzt kaputtmachte. Beides konnte sie nicht wissen ... und sie würde es auch nie herausfinden, wenn sie nichts versuchte.

»Vergiss nicht, warnte die Lolle-liebt-Sven-Kopie sie wieder, es wird immer wieder Augenblicke geben, in denen die Gefühle für Sven noch viel stärker sind. Und in diesen Augenblicken werde ich wieder komplett übernehmen.«

Lolle brauchte nicht lange zu warten, bis so ein Augenblick eintrat. Sie brauchte nur nach Hause zu gehen.

Wie sie dort erfuhr, hatte Silvia Sven verboten, Daniel noch mal zu sehen, und hatte ihm das auch gleich von einem Anwalt faxen lassen. Deshalb war Sven nun fix und fertig. »Morgen bekomme ich das Original zugestellt«, erzählte er Lolle mit gebrochener Stimme und zeigte ihr das Fax. »Ich ... ich kann das nicht ertragen.« Er verlor den Kampf gegen die Tränen, und sie bildeten kleine Bäche auf seinen Wangen. »Ich kann nicht ohne den Jungen.« Er verbarg den Kopf in den Händen und wurde von einem Heulkrampf geschüttelt.

Lolle streckte die Hand nach Sven aus, zog sie dann aber wieder zurück. Sie wollte ihn trösten, ihm Mut geben ... aber da war doch auch noch Alex ...

Mit einem Mal gewann die Lolle-liebt-Sven-Kopie wieder überhand, und Lolle streichelte Sven zärtlich übers Gesicht. Er sah zu ihr auf, und sie küsste ihn ...

Und sie küsste ihn auch am nächsten Morgen, als sie neben Sven in ihrem Bett erwachte.

»War das etwa nur für eine Nacht?«, fragte er sie und wartete bang auf eine Antwort.

»Ich weiß es nicht.« Verzweifelt schüttelte Lolle den Kopf. Und dann begann sie zu weinen. Stärker und stärker. Es war, als wäre ein Damm gebrochen, doch die kaum versiegen wollende Tränenflut hatte mitnichten zur Folge, dass der Schmerz nachließ und förderte noch viel weniger so etwas wie eine Gewissheit im Grunde ihres Herzens zutage.

Berlin, Berlin

Berlin, Berlin 1
Lolle legt los
ISBN 3-8025-2908-1

Berlin, Berlin 2
Lolle und Sven?
ISBN 3-8025-2995-2

Berlin, Berlin 3
Verliebte Jungs
ISBN 3-8025-3228-7

Berlin, Berlin 4
Träume weiter, Lolle
ISBN 3-8025-3252-X

Egmont vgs verlagsgesellschaft, Köln

www.vgs.de

Das Jubiläumsbuch für Fans

Marienhof
Hintergründe und Fakten
ISBN 3-8025-2909-X

Egmont vgs verlagsgesellschaft, Köln
www.vgs.de

Lieber ein gutes Buch als im falschen Film.

Mit TV SPIELFILM wissen Sie immer, wann sich das Einschalten lohnt und wann Sie lieber zu Ihrem Lieblingsbuch greifen sollte

TV SPIELFILM – Nur das Beste sehe